대한민국 중년 남성을 위한 은퇴전략 보고서

은퇴학개론

대한민국 중년 남성을 위한 은퇴전략 보고서

은퇴학개론

초판 1쇄 인쇄일 2016년 5월 30일
초판 1쇄 발행일 2016년 6월 3일

지은이 강우원
펴낸이 양옥매
디자인 남다희
교 정 조준경

펴낸곳 도서출판 책과나무
출판등록 제2012-000376
주소 서울특별시 마포구 방울내로 79 이노빌딩 302호
대표전화 02.372.1537 **팩스** 02.372.1538
이메일 booknamu2007@naver.com
홈페이지 www.booknamu.com
ISBN 979-11-5776-199-9(03320)

이 도서의 국립중앙도서관 출판시도서목록(CIP)은 서지정보유통지원 시스템
홈페이지(http://seoji.nl.go.kr)와 국가자료공동목록시스템
(http://www.nl.go.kr/kolisnet)에서 이용하실 수 있습니다.
(CIP제어번호 : CIP2016013304)

대한민국 중년 남성을 위한 은퇴전략 보고서

은퇴학개론

강우원 지음

책나무과무

새로운 삶의 공간, 즉 노년의 앞마당에 들어가기 위해

이 단계에서 우리가 지녀야 하는 마음자세가 있습니다.

그것은 다른 사람들의 판단에서

더 자유로울 수 있는 것, 열정에 휘둘리지않는 것,

영원한 것에 대해 평온하게 경외심을 갖는 것입니다.

—헤르만 헤세

1998년 IMF때 발생한 대량 해고는 우리에게 많은 충격을 안겨 주었다. 기업들은 연쇄부도에 시달렸고, 많은 사람들은 차디찬 겨울 바닥으로 내몰리면서 무고한 생명까지도 잃었다. '단기 외환 부족'이라는 생경한 이유로 너도 나도 생의 끝까지 내몰렸던 것이다. 벌써 20년이 다 되어가는 일이지만, 아직도 악몽과도 같은 그 시절을 우리는 잊을 수 없다. '자기 맡은 일만 열심히 하고 최선을 다하면 별 탈이 없겠지.' 하는 막연한 생각으로는 해결되지 않는 난제가 있을 수 있다는 것을 뼈저리게 실감하게 한 사건이었다.

이렇게 막연한 생각만으로 해결되지 않은 난제 중 하나가 바로 은퇴이다. 은퇴라는 개념이 생긴 것은 서구의 기준으로 보더라도 불과 100여 년 전이다. 농경 중심의 사회에서는 '은퇴'라는 개념이 없었다. 늙어 죽을 때까지 가족들과 함께 생산 현장에 있었기 때문이다. '복지'라는 개념도 없었다. 가족 구성체 내에서 육아와 노후 부양이 함께 이루어졌기 때문이다.

그러다가 산업화에 따른 근대화와 도시화는 점점 많은 것을 변모시켰다. 그러면서 본격 산업사회에 들어서는 생산을 담당하기 어려운 연령에 이르면 집으로 돌려보내졌던 것이다. 우리 사회도 1960년대 이후 경제 발전이 본격화되었고, 그 발전에서 중추적인 역할을 맡았던 산업화의 역군이 더 이상 직장에서 필요치 않게 되면서 은퇴로 내몰리고 있다.

은퇴는 그 특성상 "경험 없이 맞이하는 것"이다. 연습을 해 볼 수도 없다. 그렇지만 연습할 수 없으니 준비라도 해야 한다. 그럼에도 불구하고 은퇴가 목전에 와 있는데도

무방비 상태로 은퇴를 맞고 있는 것이 현실이다. 부모들은 자녀들에게는 '꿈을 펼칠 수 있는 삶의 목표를 가져라'고 가르친다. 그런데 정작 예비은퇴자들은 어떠한가? 자신 인생의 후반전을 이렇게 방치해도 좋은가 할 정도로 무관심하다.

은퇴 문제가 이슈가 될 때만 잠깐 관심을 가질 뿐, 지나고 나면 그만이다. 잠시 고민도 해 보지만 그때뿐, 정작 아무런 준비 없이 은퇴를 맞는 것이다. 다들 이유는 있다. 이유 없는 무덤은 없다. "벌어먹는 일이 바빠서", "자녀들 교육 때문에", "워낙 가진 게 없어서"……. 이럴 때일수록 역설적으로 준비가 필요하다는 것이다.

단언하건대 은퇴 이후의 삶에 대한 구체적이 계획이 없다면, 그것은 고민을 하지 않았다는 것과 같다고 할 수 있다. 생애설계(life design)에 대한 진지한 고민이 시작되어야 한다는 말이다. 자신의 삶과 여건을 진단하고 연습 없이 맞아야 하는 인생 후반의 은퇴자 삶에 대한 처방이 제시되어야 한다.

이 책은 은퇴 개론서 성격을 띠고 있다. 따라서 전문적이고 복잡한 내용을 다 담으려 하지 않았다. 먼저 은퇴를 어떻게 볼 것인지에 대한 인식적인 지평을 살펴본다. 그

다음으로 연습 없이 맞게 되는 은퇴 상황에서 선택할 수 있는 갖가지 방법들을 개괄적으로 소개한다. 귀농귀촌, 재무금융, 부동산, 창업 및 재취업, 해외이민 등이 그것이다. 이런 갖가지 지향점에 대해 기본적인 내용을 소개하는 한편 관련 정보를 구할 수 있는 정보원을 요약해서 제공하는 데 만족하고자 한다.

하지만 은퇴에 대한 기본 시각에서 차이가 있을 수 있으며, 관련정보 소개에서도 다소 착오가 있을 수 있다. 그것은 온전히 저자의 부족함에 기인하며 허물로 여겨 주길 바란다.

이 책은 정년을 앞두고 있는 저자의 고민을 담고 있으며, 이러한 고민의 산물이라고 할 수 있다. 이미 은퇴하신 분들이나 예비은퇴자, 또는 아직 은퇴를 남의 일로 여기고 있는 젊은 세대에게도 고민의 출발이 되거나 지침이 될 수 있다면 더없는 보람이겠다. 특히 압축성장시대에 가족을 위해 미련하게, 바보같이 자신의 전부를 내던져 치열하게 살아왔으나 지금은 가정의 언저리로 내몰리고 있는 서글픈 세대, 중년 남성에게 이 책을 바치며 위로의 말을 전한다.

■ 목차

대한민국 중년 남성을 위한 은퇴전략 보고서

은퇴학개론

1

은퇴의 이해

100세 시대의 은퇴란?

• 은퇴 인구 현황과 추세

2017년이 생산가능인구의 정점이다

잘 알다시피 전체 인구의 7% 이상이 65세가 넘으면 '고령화 사회', 14% 이상이면 '고령사회'라고 한다. 우리나라는 압축 고령화 시대에 들어서 있다. 통계청(2015b)의 장래인구추계에 따르면, 2017년이 되면 65세 이상 인구의 비중이 14%를 넘어서는 고령사회에 도달할 것으로 예상되고, 그 비중이 2030년에는 24.3%, 2060년에는 40.1%에 이를 것으로 전망되고 있다. 710만 명이 넘는 베이비붐 세대(1955년~1963년)가 60세에 도달하기 시작하면서 은퇴가 본격화되고 있다.

게다가 통계청(2015b)은 우리나라 인구가 2030년에

5,216만 명으로 정점에 도달할 것으로 추계하고 있다. 그런데 고령인구를 뒤받쳐 줄 생산가능인구는 더 일찍 정점을 찍게 될 것으로 전망된다. 생산가능 인구는 2017년에 3,701만 명으로, 13년이나 일찍 정점을 맞는다. 이 수치는 2038년에 3,000만 명대가 붕괴되고 2052년에는 2500만 명 이하로 주저앉을 것으로 예측하고 있다.

| 우리나라 인구수와 생산가능 인구 |

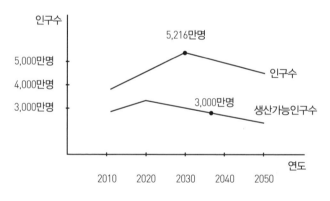

자료 : 통계청(2015b)

더더욱 문제가 되는 것은 전체 인구 대비 생산가능인구 비중은 2012년에 이미 정점이었다는 것이다. 2012년 그 비중은 73.1%에 달하고 있지만, 2022년 69.6%로 하락한 뒤 2060년에는 49.7%로 크게 꺾일 전망이다. 즉, 현재 국민 4명당 일하는 사람이 3명꼴이지만 2060년에는 일하는 사람과 일하지 않는 사람의 비중이 1대1 구조로 바뀐다는 것이다.

2040년을 상상해 보자

향후 20여 년 후, 우리의 삶은 어떻게 바뀔 것인가? 성균관대학교 하이브리드컬처연구소(2011)에 의하면, 먼저 2040년 우리의 기대수명을 89.3세로 예측하고 있다. 2015년 현재 평균수명 81.4세를 고려하면 거의 8살 이상 늘어날 것으로 보이며, 그야말로 100세 시대를 눈앞에 두게 되는 것이다. 이것은 출생 이후 사고로 인해 죽지 않으면 100세를 산다는 것을 의미한다.

　2040년 1인당 국민소득은 3만 8천 달러로, 지금에 비해 2배 이상 늘어날 것으로 예측되었다. 재미있는 것은 자가 주택 소유율이다. 2009년을 기준으로 해서 보면, 약 10% 이상 감소할 것으로 예측된다는 것이다. 그만큼 주택을 소유하고자 하는 수요는 줄어들 것으로 보인다.

　이를 전체적으로 요약하면, 점점 일정한 소득 수준의 노인층이 늘어나지만 자가 주택을 소유하고자 하는 수요는 오히려 줄어들 것으로 예측된다고 할 수 있다.

인구 구조적으로 30년 후를 살펴보자. 지금의 베이비부머는 80대에 해당하면서 본격적으로 부양이 필요한 시기이다. 지금의 자녀들은 그때 60대로 진입하면서 은퇴를 앞두게 되고, 이들의 자녀들은 새로운 구직세력으로 등장하게 되겠지만 늘어난 고령인구로 인해 부양부담이 급격하게 늘어날 것이다. 우리보다 앞서 고령사회를 겪고 있는 일본에서 '노노부양(노인이 노인을 부양한다는 뜻)', '노노상속(노인이 되어서 상속받게 된다는 뜻)'이라는 조어가 등장하게 된 배경이 되고 있다. 미래에도 불안 요소가 많다는 뜻이다.

• 위기의 중년과 은퇴

위기의 시대, 중년

중년을 흔히 '서드 에이지(The Third Age)'라고 한다. 미국 하버드대 윌리엄 새들러 박사는 '마흔 이후 30년'이라고 개념 정의를 하고 있다. 이 시기는 은퇴를 준비하고 직접 경험하는 시기로, 이러한 중년에 대해 심리학자 에릭슨(Erikson)은 '생산성과 정체성이 혼용하는 시기'라고 정의했다(전기보, 2013).

　은퇴 이후의 삶은 생각했던 것 이상으로 굉장히 생소하고 힘든 시기로 다가온다. 가정의 재정운용이 달라지면서 예전처럼 마음 편하게 소비할 수 없을 뿐 아니라 생활양식도 전혀 다르게 다가온다.

　노화에 따른 신체 기능의 저하도 현격해져 노안을 경험하고 갱년기 증상에 시달리게 된다. 치과를 찾는 일도 잦아지고 소소한 통증까지 감안하면 '걸어 다니는 종합병원'이라고 해도 좋을 지경이다. 그러다 60대를 넘어서 후반이 되면, 육체적으로는 물론 심리적으로도 더 이상 일에 욕심내어서는 안 되겠다고 포기하는 단계에 이르게 된다.

　가족과의 관계도 큰 변화를 맛본다. 가장으로서 중추적인 역할을 하던 때에서 그 공은 다 어디 가고 이제는 의논 대상으로 끼워 주지도 않으려 한다. 비관적인 마음이 서서히 싹트게 된다.

　우리나라 자살률이 OECD 1위라는 것은 널리 알려진 사실. 이렇게 높은 이유는 바로 노인들의 높은 자살률에 기인하기 때문이다. 특히 남성 노인의 자살률은 여자의 2배에 달한다. 자기 노후 대비는 되어 있지 않고, 사회나 가족들에게서 설 자리는 없어 극단적인 선택을 하는 것이다.

60세 후반부터 노후

언제부터 노후라고 할 수 있을
까? 65세 이상 노인들의 78.3%
는 노인의 연령 기준을 '70세 이
상'으로 생각하고 있었으며 '75
세 이상'이 노인이라는 응답
도 31.6%나 되었다(보건복지부,
2015). 그런가 하면 국민연금연
구원(2015)의 설문조사에 의하면, 노후 시작 연령은 평균
67.9세라고 인식하고 있었다. 그 이유는 기력이 떨어지
기 시작하는 시기라는 이유와 근로 활동 중단 시기로 여
기기 때문이라는 응답이다. 결국 60세 후반에 이르면 전
적으로 외부로부터 도움을 받아야 하는 상황에 이르게
된다는 것이다.

그렇다면 도움을 받아야 하는 노령인구에게 필요한 서
비스는 무엇일까? 요구되는 고령친화서비스로는 건강 지
원, 일자리, 요양서비스 순으로 나타났다. 하고 싶은 여
가 활동으로는 관광이 58.5%로 1위였다(국민연금연구원,
2015). 물론 운동을 통해서 건강관리를 하면 노후시기를
늦출 수 있다. 그래도 언젠가는 노후를 맞아야만 한다. 결

국 은퇴 이후부터 외부의 도움을 필요로 하는 노후 이전까지가 중요한 시기라고 할 수 있다.

예비은퇴자의 인식

삼성생명 은퇴연구소(2012)의 보고서에 의하면, 은퇴를 앞둔 50대들의 61.5%는 "행복하지 않다"고 답하고 있다. 같은 보고서에 의하면 은퇴준비지수도 58.3점에 불과하여 겨우 낙제점을 면한 수준이다. 특히 일자리와 재무에 있어 가장 취약한 것으로 분석되고 있다.

그럼에도 예비은퇴자들은 "은퇴 준비는 부족한데 괜찮을 것"이라는 막연한 기대를 하고 있는 것으로 확인되었다. 통계청(2015a) 자료에 의하면 2014년을 기준으로, 노후 준비가 별로 되어 있지 않거나 전혀 준비되어 있지 않은 비중이 73.1%에 이르고 있다. 그리고 50세 이상의 경우도 대부분이 노후 준비가 매우 미흡한 것으로 나타났다. 특히 최근 들어 국내 인구구조상 베이비붐 세대가 올해 60세에 도달하기 시작하면서 이들 세대들의 노후 준비가 중요한 관심사가 되고 있는데, 각종 조사 자료에 따르면 75% 정도가 노후 준비가 되어 있지 않은 것으로 나타나고 있다.

반면 미국의 베이비붐 세대들은 2014년 피델리티가 조사한 자료에 의하면 48%만이 노후 준비가 부족한 것으로 나타났다. 이 같은 조사 결과로 미루어 보아, 국내 베이비붐 세대들의 노후 준비가 미국에 비하여 매우 취약한 상황에 노출되어 있는 실정이라고 할 수 있다.

연장전 아닌 후반전

40대 이후 30년이든, 은퇴 이후이든 그 시기는 삶의 연장전이 아니라 후반전이다. 많이 들어온 표현이라 대수롭지 않게 생각할 수도 있다. 하지만 왜 덤으로 주어지는 연장전이 아니라 후반전일까를 곰곰이 생각해 보면, 후반전이 가지는 의미가 크다는 것을 알 수 있다. 후반전은 최종적인 승부가 이루어질 수 있는 시기이면서 전반전의 부진을 만회할 수도 있고, 잘나가던 전반전의 선점을 허무하게 날릴 수도 있는 시기이다.

게다가 완전하게 전반전과 다른 시기이다. 젊을 때의 학업으로 쌓은 지식은 이미 전반전에 다 소진했다. 건강 수준은 현저하게 떨어졌다. 수시로 찾아오는 질병으로 삶의 의욕도 많이 퇴색되었다. 현명한 자기관리가 있어야 하고, 새로운 여건에 부합하는 지혜로 자기 일을 해나가야 한다. 그나마 세상을 보는 눈은 가지고 있다. 무모하게 덤벼들지 않는 노련함도 가지고 있다. 바뀐 후반전의 여건을 정확하게 인식하고, 이에 따른 진지한 대응이 필요하다 하겠다.

• 은퇴자의 현실

심리적 위축

여성들의 갱년기에 대해서는 여성 노화의 대표적인 증상으로만 알고 있다. 하지만 남성도 40대가 넘어서면 상당수가 갱년기를 겪는다. 40대 이상의 중년 남성 4명 중에서 1명이 갱년기 증상을 느끼고 있으며, 그 증상의 절반 이상이 무기력과 우울증이어서 신체적 노화와 더불어 심리적 요소가 크게 작용하는 것으로 확인되었다(우리투자증권 100세시대연구소, 2013).

하지만 이러한 심리적 위축을 억지로 무시하고 거부한다고 해결되는 것은 아니다. 이 정도 나이에, 그리고 이 정도 세상 경험을 했으니 마치 세상을 다 아는 것처럼 굴어서는 안 된다. 걸음마를 배우듯 새롭게 배우고 익혀야 하는 영역이라고 할 수 있다.

먼저 가족들과 함께할 수 있는 시간과 프로그램에 동참하는 것이 필요하다. 각종 종교기관에 개설된 '아버지 학교' 참여를 통해 인생 후반에서의 인식과 마음가짐을 가지는 노력도 필요하다. 위축된 심리를 극복하기 위해서는 배우려는 자세로 전문가와 상담하고, 이를 가족들과의 관계에서 실현해 보는, 이 양자의 노력이 필요하다고 할 수 있다.

가족으로부터 소외

압축 산업화 시대를 겪으면서 남성들은 안정적으로 돈을 버는 것을 최대의 덕목으로 여겼다. 경제적으로 안정적인 가정을 이끌지 못하면 못난 남성으로 치부되는 현실에서 앞만 보고 달려왔다. 그러다 보니 가족 구성원으로서 가정적인 역할에 소홀할 수밖에 없었다. 그런데 그 모든 것이 가족을 위해서였다. 잘못되었어도, 틀렸어도 모두 가족을 위해서였다.

그렇지만 은퇴 이후의 삶에서 가족은 돌아갈 보금자리가 아니었다. OECD 평균의 5배 이상 되는 세계적인 사교육비를 감당해야 했던 가장의 수고는 온데간데없이 사라졌고, '기러기아빠'의 외로움도 혼자서 감당해야만 했던 삶의 과정 중 일부로 치부될 뿐이었다.

노후 준비에 가장 걸림돌이 되는 것은 '자녀 교육'과 '자녀 결혼' 등 자녀에 대한 각종 지원이다. 자녀 사랑이 각별한 우리의 기성세대들에게 있어서 노후 준비는 조금 미루어 두어도 좋은 영역이라는 인식이 넓게 깔려 있다. 하지만 그 결과, 노후 준비가 부족한 기성세대는 두 가지 토끼를 함께 잃은 형국이 되고 말았다.

황혼이혼

황혼이혼은 남의 말인가? 통계청의 2014년 우리나라 혼인 이혼통계에 의하면, 평균 이혼 연령은 남자 46.5세, 여자 42.8세이다. 이혼부부의 평균 혼인 지속 기간은 14.3년이다. 특히 혼인한 지 20년 이상 된 부부의 비중은 28.7%로 가장 많았다. 결론적으로 중년 이후의 이혼이 현실화되었고, 바로 우리 집 문제라고 볼 수 있다. 은퇴를 앞두고 남성이 힘이 빠지는 시기에 이르면 이혼의 위험성이 높아진다고 볼 수 있다.

　　미운 정이라도 들었을

긴 결혼 생활을 포기하는 이유는 무엇일까? 배우자의 외도, 가정 내 폭력만이 이혼 사유가 아니다. 가장 많이 거론되는 이혼 사유는 성격 차이이다. 모든 것이 이혼 사유에 해당될 수 있다는 뜻이 여기에 숨어 있다. 결국 가정을 지키려면 지혜가 필요하고 부족한 자신의 모습도 고쳐나가야 한다.

하지만 황혼이혼에 그늘만 있는 것은 아니다. 사별을 포함하여 황혼이혼은 동전의 양면적인 성격을 지닌다. 자신의 큰 지지대가 되어 준 가족들에게서 버려진다는 점이 감당하기 어려운 분노, 서러움으로 와 닿는다. 온전히 혼자서 하루를 보내야 하고 명절을 보내야 하고 혼자서 노후를 감당해야 한다. 그러나 한편으로는 독립적으로 자신의 노후를 자신이 감당하면서 설계하고 살아갈 수 있는 기회이기도 하다. 자신을 위해 투자할 수 있고, 오랫동안 꿈꾸어 오던 종교 생활이나 취미 생활도 가능해진다.

사회로부터 배척

1988년에 국민연금이 도입되면서 부족하나마 최소한 노후 경제력은 확보되었으나 아직 사각지대는 많다. 일본의 계호보험과 같이 노년에 질병으로부터 치료받고 지원받을 수 있는 복지 지원 영역에서는 정부의 지원 정책이 부족한 것이 사실이다. 이마저도 각종 연금제도가 지금 젊은이들의 미래 이익을 선취해 간다는 인식이 팽배하면서 노년층에 대한 반감이 깊어지고 있는 실정이다.

최근에는 노년층과 젊은 층과의 갈등과 반목이 '세대갈등'이라 할 정도로 노골화되고 있다. 급속한 산업화에서도 견지되어 왔던 장유유서와 경로사상이 버려야 할 덕목으로 치부되어 버리고 아예 '노인들은 투표장에 나오지 마라' 할 정도로 정치적 이해를 달리하고 있다.

인구 구조상으로는 고령화시대에 접어든 지 이미 오래이지만, 노인에 대한 사회적 인식과 사회보장제도는 미흡하기 이를 데 없다. 자녀들에 대한 투자와 지원은 '재생산'이라는 인식에서 그 범위와 영역이 끝없이 확대되고 있지만, 노령인구에 대한 투자와 지원은 '단순 소비'라는 인식하에 옹색하게 남아 있을 뿐이다.

우리보다 앞선 고령사회의 문제를 겪고 있는 일본에서는 2011년 이후 사후 주변 정리와 유품 정리, 화장 등을 전문으로 하는 특수 청소업이 급증하고 있다(전영수, 2012). 우리도 좀 더 안정적인 노후와 사후를 위해서는 개인적인 준비를 할 필요가 있다.

은퇴 준비는 어떻게 해야 하는가?

2

- 예비은퇴자들의 은퇴 준비

절반 수준의 은퇴 준비

KB금융지주 경영연구소(2015)는 꽤 충격적인 사실을 발표하였다. 한국인의 노후 준비지수는 54.8점으로, 노후 준비가 겨우 절반 수준에 머무른다는 것이다. 특히 재무 준비지수는 48.8점에 불과하여 더욱 미흡한 수준이다. 매달 226만 원의 생활비가 필요한데, 실제 준비한 노후자금은 월 110만 원(48.7%)에 불과하다는 말이다. 나이가 들수록 더욱 취약해져, 은퇴를 목전에 둔 50대의 재무준비지수는 고작 42.3점밖에 되지 않아 더욱 심각한 수준이라는 것이다.

　비슷한 연구 결과는 많다. 삼성생명 은퇴연구소 조사

| 은퇴자의 희망소득액과 예상소득액 |

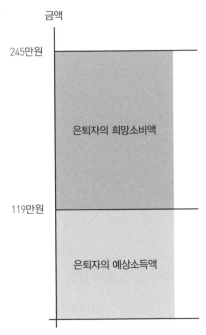

자료 : 우리투자증권 100세시대연구소(2012)

(2014)에서도 은퇴 준비점수가 100점 만점에 57점으로 간신히 낙제를 면하는 수준이어서 크게 다르지 않다. 우리투자증권 100세시대연구소(2012)의 연구 결과에서도 은퇴자의 희망소비액은 월 245만 원인데 예상소득은 월 119만원에 불과하다는 사실이 밝혀졌다. 그러다 보니 경제적기준으로 설정해 본 수명, 즉 경제수명은 75세라는 것이

다. 경제적 기준으로는 75세가 되면 동전 한 닢도 없는 빈 털터리가 된다는 것이다.

한국보건산업진흥원의 '2012 고령친화사업 욕구조사'에서도 55세에서 63세까지 은퇴를 앞둔 성인의 경우 국민연금 가입률이 50%에 그치는 것으로 조사되었고, 노후 준비를 하고 있는 비율도 31.8%밖에 되지 않는다고 고백하고 있다. 결국 은퇴 및 노후 문제가 심각한 사회 문제로 떠오른 지도 수년이 경과했지만, 실제 준비는 여전히 미흡한 상황임을 알 수 있다. 그만큼 그 심각을 제대로 인식하지 못하고 있거나 설령 그 심각성을 인식한다 하더라도 단시간 내 준비하기 어려운 과제라는 반증이기도 하다.

다음 세대도 미흡한 은퇴 준비

현재의 은퇴인구와 예비은퇴인구가 은퇴 준비가 미흡하다면 그다음 세대는 어떠한가? 은퇴를 남의 일처럼 생각하는 386세대는 훨씬 더 무자비한 혹한기를 겪게 될 가능성이 높다. 앞서 퇴직한 1차 베이비부머가 재취업이나 창업으로 일자리를 꿰차고 있어 비집고 들어갈 틈이 좁고, 그 뒤로는 해마다 80만 명에 이르는 2차(68~74년) · 3차(79~85년) 베이비부머의 퇴직 쓰나미가 2045년까지 쉴 새 없이 계속될 전망이기 때문이다(중앙일보, 2015년 1월 15일자).

KB금융지주 경영연구소(2012)에 의하더라도 다음 세대의 은퇴 준비가 미흡하기는 마찬가지라는 결과이다. 1968년생부터는 1974년생까지의 2차 베이비붐 세대의 경우, 은퇴를 위한 재정 준비를 하는 비율이 44.6%에 그치고 있다. 보유자산도 평균 3억 7천만 원인데 그중 부동산과 금융자산 비율이 83대 13이어서 여전히 부동산 비중이 높아 베이비부머들의 문제를 그대로 안고 있다고 할 수 있다. 베이비붐 세대의 자녀 세대에 해당하는 1979생부터 1985년생까지의 소위 에코세대도 10명 중 7명은 생애자금계획이 없다고 밝히고 있다.

• 기대하기 어려운 자녀들의 부양

은퇴를 앞둔 예비은퇴자들은 충분한 은퇴 준비가 되어 있지 않더라도 우리의 자녀들은 자신들을 잘 봉양하지 않을까 하는 막연한 기대를 가지고 있다. 간혹 신문지상에 부모를 고려장하는 자식의 기사를 접하면서도 우리 아이들은 그렇지 않을 것이라 믿음을 버리지 않고 있다. 정말 그럴까?

통계청에서 발표한 '2012년 청소년 의식'에 의하면 '부모 봉양은 가족이 해야 한다'고 응답한 비율은 35.6%에 불과했다. 결국 지방자치단체나 국가에서 담당해야 한다는 인식이 팽배한 것이다. 이런 의식은 10년 전에 비해 더욱 심해졌다고 볼 수 있다. 2002년에는 가족이 부양해야 한다는 응답이 67.1%나 되었지만, 절반 수준으로 줄어든 것이다. 분명한 것은 더 이상 자녀들로부터 부양받을 수 있다는 생각을 지워야 한다는 점이다.

이제 고령자도 서서히 이런 현실을 깨닫고 있다. 이미 65세 이상 노인 10명 중 7명은 자녀와 동거하지 않고 있으며(보건복지부, 2015), 통계청의 '2015년 사회조사'에 따르면 60세 이상 고령자 75.1%가 향후에 자녀와 '같이 살고 싶지 않음'에 응답한 것으로 나타났다. 부양보다는 오히려 손자손녀 양육에 대한 부담 등으로 동거를 꺼리는 것이라고 해석할 수 있다.

• 은퇴자에게 필요한 5가지

그렇다면 은퇴자 갖추어야 할 덕목은 무엇일까. 서사현 (2013)은 명품노인이 되어야 한다고 주장하면서 명품노인이란 "베풀고 나눌 줄 아는 노인"이라고 정의한다. 명품노인이 되기 위한 조건으로는 5가지가 있는데, 그 5가지 조건으로 돈·건강·일·시간·사람을 꼽는다. 그런데 중요한 것은 이 5가지 요소의 밸런스가 필요하다는 것이다. 은퇴자를 위한 많은 지침서는 대개 비슷한 주장이라 그의 기준에 따라 정리해 보고자 한다.

하나: 돈

고령화 속도 세계 1위, 노인 병원비 1인당 월 25만 원, 노인빈곤비율 45.1퍼센트……. 관련 통계가 넘친다. 노인 빈곤율은 미국 등에 비해 3배 이상 높다. 노인자살율  도 미국 등의 4배이며, OECD 국가 중에서 최고이다.

30년 이상의 긴 노후를 생각하면 앞으로 퇴직자는 계속 돈을 벌어야 하는 '반퇴'가 불가피하다(중앙일보, 2015년 1월

15일자). 약간의 저축과 연금으로 생활을 영위하기에는 턱없이 부족하기 때문이다. 그만큼 돈이 절실하다.

그래서 은퇴 후 소요자금에 대한 구체적인 설계가 필요하다. 은퇴 후 소요자금은 크게 월 생활비, 의료비, 장기요양비, 취미생활비로 나눌 수 있다. 이 자금규모도 고정된 것이 아니라 지속적으로 변동을 겪게 된다. 물가상승은 물론이고, 나이가 들어 갈수록 그리고 예기치 않은 건강 이상에 따라 의료비 규모가 늘어나고, 더불어 생활비도 증가될 수밖에 없다. 이에 따라 더욱 엄정한 소요자금 설계가 필요하다.

한편 준비 노후 자산은 국민연금, 퇴직연금이 있지만 필요에 따라 개인연금도 준비해야 할 필요가 있다. 이를 둘러보고 더 부족하면 다운사이징, 주택연금도 생각해 볼 수 있다. 더 나아가 금융상품을 확인할 필요가 있다. 늦더라도 금융상품에 가입하고, 부동산 매각을 통해 금융자산을 확보할 수 있어야 한다.

노후 자금 마련이라면 대부분 주식이나 부동산 등 자산운용을 생각하는데, 가장 중요한 것은 근로소득의 확보이다. 일반적으로 월급 100만 원은 현재 은행 정기예금 금리로 환산할 때, 현금 15억 원을 맡겨 두고 받을 수 있는 이자와 밑먹는다고 알려져 있다. 따라서 최대한 시간제라도 일하는 게 좋다.

그러다 보니 금융기관 마케팅에서 은퇴 준비를 위해서는 '10억 원 규모의 은퇴자금', '적어도 5억 원 규모의 은퇴자금'이 필요하다고 목소리를 높인다. 공포 마케팅이다. 그런데 역설적이게도 이 대목에서 돈 중심 사고에서 벗어날 필요가 있다는 것을 강조하려고 한다. 돈이 필요한 것은 당연하지만, 모아 놓은 돈이 얼마 되지 않는다고 노심초사할 필요가 없다는 것이다. 어차피 모아 놓은 돈이 없는 게 현실인 것을, 어떻게 하겠는가?

돈이 넘치는 경우는 없다. 항상 모자라게 마련이다. 그래서 돈에 너무 연연하면 자괴감이 깊어지고 우울한 분위기에 벗어나기 어렵다. 돈도 필요하지만 제2의 인생을 위한 전문지식이나 건강관리가 중요하다는 것이다. 재무적 준비와 비재무적 준비의 균형이 필요하며, 비우고 줄이고 나누는 것에 삶의 초점이 맞추어져야 한다. 만약 현금자산이 없으면 부동산 규모를 줄여서 적어도 부채는 없어야겠다.

둘: 건강

은퇴자에게는 오래 사는 것이 중요한 것이 아니라 건강하게 사는 것이 중요하다. 그만큼 삶의  질이 중요하다는 것이다. 특히 사람들은 은퇴를 설계하면서 현재의 건강이 죽을 때까지 견지될 것이라는 막연한 생각에 젖어 있다. 자신이 백내장, 관절염, 척추질환과 같은 노인성질환으로 고통 속에서 노년을 보내게 될지도 모른다는 것을 전혀 상상하지 않는다.

재미있는 통계가 있다. 통계청(2015c)의 연구 결과에 의하면, 2012년을 기준으로 건강수명(건강하게 살 수 있는 기간)은 66.0세이다. 기대수명 81.4세와 비교해 보면 15년 이상을 질병을 앓으면서 살아갈 것으로 확인된다. 일생의 약 20%를 질병이나 부상으로 고통받게 된다는 것이다. 이를 은퇴를 앞둔 55세를 기준으로 해서 보면, 향후 더 살 수 있는 기대여명은 26.4년이고, 이 중 건강하게 살 수 있는 건강수명은 11.0년이다. 결국 은퇴자들은 10여년 이후에 각종 질병이나 사고로 고통받으면서 살게 된다는 것이다.

통계청 조사(2012)에 의하면, 60세 이상 가구는 의료비가 10.6%를 차지해 식료품비 다음으로 지출 비중이 높았다. 또 현재 65세 이상 노인의 경우 만성질환을 가지고 있는 비율이 89.2%이며, 평균 2.6개의 만성질환을 앓고 있는 것으로 나타났다(보건복지부, 2015). 특히 만성질환으로 인한 장기 간병이 큰 문제이다. 따라서 미래설계에서 의료비를 반영했다고 해도 장기 간병에 대한 고려가 적극 필요하다. 오죽하면 '간병지옥'이라 했을까.

| 기대수명과 건강수명 |

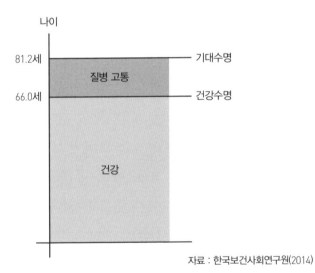

자료 : 한국보건사회연구원(2014)

결국 재테크 못지않게 헬스테크에 초점을 맞출 필요가 있다. 건강이 허락된다면 못할 일이 없다. 꾸준한 건강관리를 통해 할 수 있는 일의 폭을 넓힐 수 있다. 많은 의사들은 정기적인 운동을 권한다. 그것도 하루 30분 이상 일주일에 세 번 이상 하는 운동이다.

더불어 노인 3명 중 1명에게서 우울증상이 발견되고(보건복지부, 2015), 알츠하이머와 치매 인구가 늘어나는 현실에서 정신건강 관리 또한 중요하다. 스트레스가 건강에 가장 큰 적이라고 한다. 정신건강은 육체적 건강을 위해서도 꼭 필요하다. 항상 지적 호기심을 깨우고 정서적 건강성도 유지할 수 있는 관리 계획이 필요하다.

셋: 일

삼성생명 은퇴연구소(2012)의 보고에 의하면, 은퇴를 앞둔 50대들의 61.5%는 "행복하지 않다"고 답하고 있으며, 행복하지 않은 불안요소로는 은퇴 후 예상되는 자녀 뒷바라지(42.7%), 일자리(35.7%) 순으로 꼽았다. 자녀 뒷바라지를 위한 금전 수입원으로서 일자리가 절대적으로 필요하다는 것이다. 현재에도 65세 이상 노인 10명 중 3명은 경제활동을 하고 있으며, 이 중 80%는 생활비를 벌기 위해 일을 하고 있다(보건복지부, 2015).

일자리는 수입원으로서 뿐만 아니라 존재감의 다른 말이라고도 할 수 있다. 하지만 은퇴 후 이곳저곳 뿌리를 내릴 곳을 찾아 헤매지만, 그들의 존재감과 수입을 보장하는 일자리는 존재하지 않는다. 그렇더라도 사소한 일자리일지라도 가져야 한다. 즉, 소속감을 느낄 새로운 곳을 찾아야 한다는 것이다.

어느 텔레비전 방송 프로그램에서 뛰어다니며 신문 배달을 하던 83세 노인을 소개한 적이 있다. 그 노인은 "노인이라고 일을 하지 않으면 식량 도둑에 불과하다."고 강조했는데, 이 말은 일자리의 의의를 함축적으로 표현한 것이라고 할 수 있겠다.

먼저 늘 하고 있던 일자리에서 벗어나 새로운 일자리를 찾아보려는 노력이 필요하다. 바리스타 자격증을 취득하거나 기존 어학능력을 활용하여 통역일도 생각해 볼 수 있다.

금전적인 안정성이 확보되어 있는 은퇴자들은 자원봉사자로서 역할을 찾을 수도 있다. 하지만 자원봉사도 전문지식이 없으면 힘들게 몸으로 때우는 일만 하게 되어 금방 지치게 된다. 자원봉사에도 준비가 필요하다는 말이다.

넷: 시간 관리

은퇴자에게 남아도는 것이 시간이다. 그런데 주체하지 못하는 시간으로 은퇴자들은 큰 고통을 겪게 된다. 뒤늦게 시간을 때우는 방법을 찾아보지만, 마음을 놓고 즐길 수 있는 여유 즐기기는 존재하지 않는다. 은퇴 이후 삶에 자신 있어 하던 어느 은퇴자가 어느 정도 금전적인 준비가 되어 있긴 하지만, 매일 아침 눈을 떠서 출근할 곳이 없다 보니 지난 삶이 허망해서 허탈감에 몸서리친다고 고백한다. 매일같이 혼자서 가까운 뒷산을 찾고 그동안 소원했던 성당, 고교 동창회도 열심히 챙겨 나가 보지만 감당하기 어려울 만큼 남는 시간은 넘쳐난다는 것이다.

남아도는 시간을 관리하기 위해서는 마땅한 일자리가 있는 것도 중요하지만, 그보다는 시간을 잘 관리하는 것이 더 중요하다. 잘 놀 수 있어야겠고 즐길 수 있는 마음가짐과 준비가 중요하다. 여가활동을 제대로 즐기려면 체계적인 준비가 필요하다.

먼저 죽음 앞에 이를 때까지 즐길 수 있는 취미를 찾아보고 가지는 것을 권한다. 시간 관리에 최적이고 삶에 여유가 넘칠 것이다. 어릴 때 만화를 읽고 꿈꾸었던 아련한 추억이 있다며 만화방에 가서 추억을 만끽하는 사람도 있다. 어릴 때 그림을 곧잘 그렸던 기억을 생각해 내고는 미술학원이나 문화원 미술교실을 찾기도 한다. 어느 예비은퇴자의 하소연에 마술을 소개해 주었다. 그는 관객들의 환한 미소에 더 큰 보람과 환희를 느낄 것이다. 합창단 활동이나 연극 동아리 활동도 이 범주에 해당한다고 할 수 있다.

여기서 중요한 것은 은퇴 이전에 취미나 소일거리를 찾아 다양한 시도를 해 볼 필요가 있다는 것이다. 미리 동호회 활동을 통해 은퇴 이후 활동의 둥지를 마련해 놓아야 은퇴 이후에 연착륙이 가능하다. 은퇴 이전에는 찾지 않다가 은퇴하고 나서 찾게 되는 고교 동창회는 낯설게만 느껴질 뿐이다.

다섯: 사람

요즈음 일본에서는 '무연사회(無緣社會)'라는 키워드가 회자되고 있다. 주변에 의지할 사람이 없음을 뜻하는 말이다. 일본 사회가 점점 가족이나 친척과 연을 끊고 지역사회와의 교류도 없어진다는 것이다. 그나마 회사를 다니면서 맺어졌던 사회인간관계도 은퇴를 하고 나면 점점 단절되면서 사회적으로 절대 고독과 고립이 형성된다. 과거 직업과 직위와 연결된 인맥들은 상황이 변하면 관계도 변하기 마련이다(우리투자증권 100세시대연구소, 2013). 이렇게 해서 맞이하는 죽음이 '고독사'라는 것이다.

"노후에 돈이 없는 것보다 외로운 것이 더 큰 위험이다."라는 말도 있다. 나이가 들면 외로움도 커진다. 사랑하는 사람과 다양한 이별을 겪으면서 외로움을 느낀다. 이때 치유의 방법도 사람이다. 이 때문에 주변에 사람이 필요하다는 것이다. 주변 사람은 자신을 위한 응원군이 되며, 생활하면서 겪게 되는 각종 위기에서 탈출하려 할 때 큰 힘이 된다. 가장 힘이 되는 사람은 바로 가족이다. 생각과 감정을 배우자와 공유하고, 배우자나 파트너와 함께 계획하고 의논하면, 가족이 나에게 가장 힘이 되는 사람이 될 수 있다.

은퇴 이후 주변에 응원군을 만들려면 새롭게 마음가짐을 가다듬어야 한다. 젊은 사람과 경쟁하지 말 것이며, 에너지를 자기 안으로 돌려야 할 것이다. 특히 노인은 말이 많다. '노인네 증후군'이라고도 한다(데이비드 보차드 외, 2012). 말이 많으면 실수를 하게 되고 같은 말을 반복하게 된다. 말을 줄이고 많은 생각 끝에 정제된 언어를 내뱉는 일단의 노력이 필요하다. 그것조차도 아니다 싶으면, 질문을 많이 해서 남의 의견을 이끌어 내는 것도 좋은 방법이다.

• 은퇴자에게 더 필요한 것들

은퇴를 앞두고 있는 이들이 준비해야 할 것이 어떻게 위의 5가지뿐이겠는가? 추가적으로 몇 가지 더 소개하고자 한다.

추가 하나: 공부하기

윤영선 외(2015)는 공부, 특히 독서와 토론을 통해 정년을 앞두고 가졌던 초조감과 무력감을 극복해 나가는 과정을 진솔하게 밝히고 있다. 은퇴 이후에는 공부와 담을 쌓는 것이라는 막연한 생각에 일침을 가한다. 그동안

학업을 통해 배웠던 정보와 지식으로 은퇴 이전의 삶을 향유했다면, 은퇴 이후의 삶에서는 기존에 알고 있던 지식이나 생각에서 벗어나 새로운 인식을 가지고 새로운 변화에 대응할 수 있어야 한다. 이것이 공부를 통해 자기 변화가 필요한 이유이다.

『지속적으로 나이 드는 법』의 저자 와타나베 쇼이치는 공부를 통한 지속적인 정신적 긴장과 지적 자극이야말로 노년 건강의 비결이라고 한다. 고미숙은『공부의 달인, 호모 쿵푸스』에서 책을 통해 공부를 하면 우리 몸의 감응력이 높아진다고 말한다. 다시 말해 노년의 건강과 심신의 안정을 위해 공부가 필요하다는 것이다. 그럼에도 불구하고 가끔 지난 삶에 매몰되어 주변에 이를 강요하기도 하고, 자신의 노후 생활에 대한 불만과 긴장에서 벗어나지 못하는 사례를 자주 볼 수 있다.

추가 둘: 마음 다스리기

돈으로만 따지는 노후설계, 소일거리나 취미보다 중요한 것은 마음을 다스리는 것이라고 생각한다. 마음이란 흔들리기 쉬운 성질을 가지고 있어서 다스리기가 여간 어려운 게 아니다. 내 가슴속에 있는데 참 내 마음대로 되지 않는다. 결국 노력과 공부가 필요하다.

그래서 노년에 종교는 참 기특하다. 그동안 귓등으로도 듣지 않았던 말씀들이 절절하게 가슴에 와 닿는다. 정기적인 종교 활동도 좋고, 템플스테이 프로그램을 통해 자신의 마음을 돌아보는 것도 의미 있다.

또 전국에는 제주도 올레 길과 같은 많은 순례길이 잘 정비되어 있다. 일본, 스페인과 같은 외국에도 올레길이 많이 열려 있다. 걷는 것은 신체 건강은 물론 마음 건강에도 많은 도움이 된다고 한다. 잔뜩 먹을 것만 준비하고 떠들다 돌아오지 말고, 자신의 마음과 생각을 돌아보는 것이 좋겠다. 바람 소리에도 귀를 기울여 보고 조용한 숲길에서 자연에 흠뻑 취해 보고, 때로는 코끝을 스치는 꽃내음에 마음을 맡겨 본다. 잠시 쉬면서 지나가는 여행자에게 그윽한 눈길을 보낼 수 있는 여유를 가져 보자.

추가 셋: 눈높이 낮추기

눈높이를 낮춘다는 것은 욕심을 버리는 일이다. 승용차 버리기도 욕심 버리기의 중요한 실천 과제 중 하나이다. 승용차를 운행하려면 기름 값이며 보험료, 주차비 등 적지 않은 돈이 소요된다. 대신 대중교통수단을 이용하면 금전적으로 절약되는 액수도 적지 않을 뿐만 아니라 건강 유지에도 도움이 된다.

또 눈높이를 낮추면 재취업의 길도 눈에 보인다. 과거 나의 경력을 모두 묻어 버리고 낮은 자세로 재취업 길을 찾아보면 단순 업무도 가능하고 시간제 일도 가능하다. 과거 전문능력을 살릴 수 있는 재취업이 가장 먼저이지만, 꼭 취업을 해야 하는 여건이라면 눈높이를 낮추어야 한다는 것이다.

특히 나이는 벼슬이 아니다. 겸손해야 한다. 그래야 젊은 사람들도 인정해 주고 끼워 준다. 우기지 말아야 한다. 알고 있던 지식은 이미 옛날 것이다. 게다가 인터넷을 검색해 보면 다 나와 있다.

• 노후설계와 은퇴자 교육

노후설계

특별한 계획 없이 노후를 맞게 되는 것이 다반사다. 조금 더 생각이 미쳐 은퇴 이후 약간의 일정한 소득이 나올 여지라도 마련되어 있으면, 으레 노후 준비가 끝난 것으로 생각해 왔다. 사람들은 흔히 은퇴 이후의 삶이 은퇴 이전과 자연스럽게 연결되어 연착륙할 것이라는 착각을 하곤 한다.

그러나 인구 고령화가 급속히 진전되어 남은 시간이 30년 이상이 되면서 노후맞춤형 설계가 더욱 절실하다. 이에 따라 국내 기업이나 정부는 대부분 정년에 초점을 맞춰진 인생 이모작 프로그램을 운영하고 있다. 삼성, 포스코, KT 등에서는 재취업, 창업, 은퇴 후 가정의 화목에 관해 컨설팅을 하고 있다.

이와 달리 외국에선 전 연령층을 대상으로 생애 커리어 관리를 하는 곳이 많다. 일본 도요타는 20년 전부터 생애 디자인(Life Design) 교육제를 시행하고 있다. 20~30대에게는 주택 보유, 자녀 교육과 같은 사회 초년생으로서 윤택한 가정을 꾸리기 위한 준비 작업을 착실히 할 수 있도

록 돕는다. 그리고 학자금과 같은 가계 지출이 많은 40대에는 수입과 지출의 균형을 맞출 수 있는 재테크 교육과 함께 노후생활 계획을 작성토록 컨설팅 한다. 50대에 들어서면 퇴직 후 회사와 가정생활을 좀 더 풍요롭게 보낼 수 있는 프로그램을 제공한다(중앙일보, 2015년 1월 19일자).

은퇴자 교육

주변을 둘러보면 곳곳에 은퇴자를 위해 개설되어 있는 교육프로그램을 만나 볼 수 있다. 각 지자체에서도 다양한 프로그램을 개발하여 지역주민에게 제공하고 있다. 그중 대표적인 2곳을 소개하고자 한다.

서울특별시는 인생이모작지원센터에서 명칭을 변경한 '50+센터'를 운영 중에 있다. 모두 4곳에 설치·운영하고 있는데, 인생이모작입문교실, 1:1맞춤형 인생설계 상담 서비스를 통해 은퇴교육과 상담이 진행되고 있다.

매경 생애설계센터아카데미는 매일경제신문의 부설 센터로서 다양한 은퇴 및 생애설계 프로그램을 운영하고 있다. '4050 생애설계학교'는 주로 은퇴를 앞둔 일반기업체 임직원과 그 배우자에게 은퇴 후의 생애를 설계할 수 있도록 교육하는 프로그램이다. 생애 설계를 전문적으로 도울 수 있는 진문가 양성과정이지만, 일반인들도 수강이 가능하다. 재무 설계, 건강 설계, 가족 및 사회적 관계, 자원봉사, 여가 생활 및 취미 생활 설계 등 전반적인 노후 및 생애설계에 대해 온라인 또는 오프라인으로 배울 수 있다.

은퇴 정보 사이트

· 서울도심50+센터

　http://www.dosimsenior.or.kr/

· 매경 생애설계

　http://senior.mk.co.kr/

· 중앙일보 디지털반퇴시대

　http://joongang.joins.com/retirement/

· 리커리어센터

　http://recareer.co.kr/

· 한국생애설계협회

　http://www.kalplanning.or.kr/

대한민국 중년 남성을 위한 은퇴전략 보고서

은퇴학개론

2

＜ 은퇴 전략 ＞

1
노후 생활비 마련을 위한
재무 설계를 하였는가?

• 금융자산 관리

2016년 현재 은행 정기예금 평균 금리는 연 1%대에 진입하였다. 1억 원을 은행 예금에 넣어 봤자 세금을 떼고 나면 월 13만 원밖에 손에 쥐지 못한다. 은퇴한 사람이 은행 이자로 월 150만 원을 받으려면, 10억 원의 자산이 있어도 모자란다. 퇴직자 평균 월 생활비 238만 원에 턱없이 못 미치는 금액이다. 평균 수명의 증가로 퇴직 후 소득 없이 버텨야 하는 시기는 30년 안팎으로 길어졌다. 꽤 많은 자산을 모았다고 해도 과거처럼 은행 예금에만 의존하면 곳간이 비는 건 시간문제다. 많은 고민과 분석이 필요한 대목이다.

• 저금리 시대의 자금 관리

은퇴 자금의 패러다임 변화

은퇴 자금에 대한 패러다임은 시대에 따라 변해 왔다. 『Fortune Korea』(2014)에서 그 패러다임을 3가지로 구분하여 정리해 놓고 있다. 1990년대에는 열심히 일하고 절약하면 은퇴 자금은 자동으로 모이는 것이라고 생각했다. 은퇴 후 손에 쥐게 되는 돈이 은퇴 자금이며, 그 은퇴 자금의 규모에 맞게 생활하면 된다는 식이었다.

하지만 2000년대 들어서면서 은퇴 자금은 캐치프레이즈로 특정 목표 금액에 도달하지 않으면 안 된다는 식이었다. 이를테면 '1년에 한번 해외여행이라도 할 수 있으려면 10억 원이 있어야 한다'라는 캐치프레이즈에 근거하여 목표 자금이 은퇴 자금으로 설정되었던 것이다.

그러던 것이 2010년대 들어서면서 '은퇴까지 얼마를 모아야 한다'는 개념이 아니라 '은퇴 후 매달 얼마만큼의 현금을 창출할 수 있으냐'에 관심이 집중되었다. 불확실한 수명 상태에서 고정적인 수입이 보장되는 현금 수입 창출이 더 중요해졌기 때문이다. 그럼에도 여전히 1990년대식이나 2000년대식의 인식론에서 벗어나지 못하고 있는 예비 은퇴자가 많다.

저금리 시대의 투자

본격적인 저금리 시대에 돌입했다고 해도 과언이 아니다. 그런데 지속되는 저금리 현상에도 흔들리지 않는 은퇴 준비를 위해서는 적정 수준의 자산수익률을 유지함으로써 목표하는 은퇴 소득을 얻을 수 있도록 해 주는 포트폴리오를 구성하는 것이 필요하다(Fidelity, 2015). 이를 위해서는 지나치게 안정지향적인 투자만을 추구할 것이 아니라, 적절한 수준의 위험을 포함하지만 금리보다 높은 수익률을 기대할 수 있는 투자전략이 필요하다.

한편 은퇴 이후 별도 근로수입이 크지 않는다는 것을 고려한다면, 예금과 대출에서 금리수준을 적극적으로 고려해야 할 것이다. 같은 정기예금과 정기적금이라 하더라도 은행마다 금리가 다르며, 제2금융권의 그것과 금리에서 차이가 있기 때문이다. 이에 대한 정보를 비교하고 활용하기 위해서는 전국은행연합회(www.kfb.or.kr) 내 은행 금리 비교 사이트와 저축은행중앙회(www.fsb.or.kr) 사이트를 이용하면 도움을 받을 수 있다.

•은퇴재무 준비의 기본, 연금제도

3대 연금

가장 좋은 재무적인 은퇴 준비는 연금을 활용하는 것이다.
죽을 때까지 원금이 보장되면서 매달 고정적인 수입이 창
출되기 때문이다. 3대 연금으로 국민연금, 퇴직연금, 개
인연금이 꼽히지만, 최근 들어 주택연금이 추가되었다.

먼저 국민연금은 개인연금 수익률 평균보다 약 2배가량
높을 정도로 수익률이 높고 안정적이기 때문에 반드시 가
입하는 것이 유리한 은퇴 준비 방법에 해당된다. 하지만
보장액수가 많지 않아 보완적인 연금 확보가 필요하다.

퇴직연금은 2005년 도입되었는데, 근로자가 퇴직 시 연
금을 받게 되는 제도이다. 하지만 중간정산이 많은 우리
기업의 현실에서 혜택을 충분히 누리지 못할 확률이 높다.

그리고 개인연금은 가장 개인의 자율성에 맡겨진 연금
을 말한다. 금융기관마다 다양한 특징을 가지고 있으므로
세심한 접근이 필요하다.

마지막으로, 주택연금은 집을 소유하고 있지만 소득이
부족한 은퇴자들에게 집을 담보로 자기 집에 살면서 매달
연금을 지급하는 제도이다. 그 외에도 농지를 담보로 하

는 농지연금도 있다.

　이 중에서 가입률이 높은 국민연금을 제외한 퇴직연금
과 개인연금, 주택연금 및 농지연금에 대해 추가적인 설
명을 덧붙이고자 한다.

퇴직연금

퇴직연금은 기업이 근로자의 퇴직급여를 외부 금융기관에
위탁해 관리·운영하게 함으로써 근로자가 퇴직 시 연금
으로 받게 하는 제도이다. 퇴직연금은 크게 확정급여(DB)
형과 확정기여(DC)형으로 구분된다. 확정급여(DB)형은 자
산운영 책임을 기업이 지고 연금액이 확정돼 나오는 예금
과 비슷하다.

이에 비해 확정기
여(DC)형은 개인이
자율적으로 운용하
는 투자상품과 유사
한 것으로, 운영에
따라 수익률이 달라진다. 최근에는 개인형 퇴직연금(IRP)
이 주목받고 있다. 개인형 퇴직연금은 근로자가 이직하거
나 조기 퇴직했을 경우 퇴직금을 바로 사용하지 않고 은퇴

할 때까지 보관·운용할 수 있도록 한 퇴직 전용 계좌다.

하지만 개인이 자금을 자율적으로 운용하는 확정기여형 퇴직연금과 개인형 퇴직연금의 경우, 전문지식이 없는 개인으로서는 자금 운용에서 어려움을 겪을 수 있다. 이럴 때 금융사가 대신 자금을 운용해 주는 '퇴직연금 랩어카운트(Wrap Account)' 또는 '자산배분형 퇴직연금 펀드'를 이용하는 것에 대해 적극 고려해 보면 도움이 될 것이다.

퇴직연금은 임금근로자 10명 중 3사람이 가입한 정도에 불과하여 우리 사회에서 제대로 정착되지 못한 상태에 머물러 있다(류건식·이상우, 2015). 하지만 정부는 지금까지 개인연금과 퇴직연금에 대해 세액공제 혜택의 폭을 올려 주고 있어 여러 모로 유리한 점이 많다.

개인연금

국민연금 및 퇴직연금 이외에 안정적이고 지속적인 현금 확보 수단이 더 없을까. 있다! 바로 개인연금이다. 소위 생활비를 확보하는 방안으로, 연금처럼 매월 꼬박꼬박 돈을 지급받을 수 있는 금융상품이다.

개인연금은 연금펀드(증권사), 연금신탁(은행), 연금보험(보험사)로 나눌 수 있다. 안전성을 중시한다면 연금저축신

탁(은행), 수익률이 더 중요하다면 연금저축펀드(증권사), 보험 기능을 추가하고 싶다면 연금저축보험(보험사)에 가입하면 된다.

주택연금

당장의 연금수입은 없고 현재 살고 있는 주택 한 채가 보유자산의 전부인 사람을 일컬어 '하우스푸어'라고 한다. 주택연금은 이러한 하우스푸어 은퇴자들의 마지막 안전판이라고 할 수 있다. 주택연금은 한국주택금융공사에서 2007년부터 운용하는 역모기지상품으로, 소유한 부동산을 담보로 은퇴생활자금을 종신으로 수령할 수 있다.

주택연금 가입 요건이 정해져 있는데, 만 60세 이상 주택소유자로서 시가 9억 원 이하의 주택 또는 지방자치단체에 신고된 노인복지주택을 부부 기준으로 하나의 주택만을 소유해야 한다. 만약 연금가입자가 사망할 경우에는 담보주택 처분으로 상환하고, 남은 금액이 있으면 상속인에게 돌려주기 때문에 상속받는 자녀들에게도 유리하다고 할 수 있다.

최근에는 제도가 보완되어 담보부채가 있어도 주택연금을 신청할 수 있으며, 1억 5천만 원 이하의 주택을 소유한

저소득층에게는 일반주택연금보다 연금을 더 주는 제도도 생겼다. 또 주택연금을 수령하는 중에도 월세 형태로 일부 임대가 허용된다. 한 연구소의 연구 결과에 의하면, 이렇게 주택연금을 노후자금으로 활용하면 평균 재무준비지수가 10.0p 상승하는 것으로 밝혀져 주택연금이 은퇴 이후의 유용한 생활자금이 될 수 있음을 확인할 수 있다(KB 금융지주 경영연구소, 2015).

농지연금

상대적으로 경제력이 부족한 농어업종사자를 위한 노후안전장치는 없을까. 그들에게는 농지연금을 적극 추천할 수 있다. 농지연금은 주택연금과 유사하게 한국농어촌공사에서 운용하는 역모기지상품으로, 만 65세 이상 고령농업인이 소유한 농지를 담보로 노후생활 안정자금을 매월 연금 형식으로 지급받는 제도이다.

이러한 농지연금은 가입요건이 다소 엄격한데, 만 65세 이상 농지소유자로 영농 경력이 5년 이상이며, 대상농지도 지목이 전·답·과수원으로서 실제 영농에 이용 중인 농지여야 한다. 연금을 받으면서 농지를 직접 경작하거나 임대할 수 있어, 연금 이외의 추가 소득을 얻을 수도 있어 유리하다. 하지만 오랫동안 농사를 지어 온 고령 농업인을 위한 연금제도이니 만큼 잡종지 지목과 소일거리로 농사짓는 귀농귀촌인의 경우는 이에 해당되지 않으니 유의해야 한다.

• 연금 외 월지급식

은퇴 후 퇴직금을 이자가 높은 상품에 투자하여 만기 때 한꺼번에 받게 되면, 이자에 대한 세금 부담이 클 수밖에 없다. 그런데 월지급식은 일정한 목돈을 넣어 놓고 이자를 나눠서 받는 것이기 때문에 세금도 줄고 안정적인 경제 활동을 할 수 있다는 점에서 유리한 점이 크다. 월지급식에는 월지급식 펀드, 월지급식 ELS, 즉시연금보험 등이 있다.

월지급식 펀드

월지급식 펀드는 거치식으로 목돈을 투자한 뒤 매월 투자금액의 일정 비율을 나눠 받는 펀드를 말한다. 원본의 0.5%인 월지급식 펀드에 1억 원을 투자한다면 매월 50만 원씩 받게 된다. 2007년 국내에 처음으로 개설됐으며, 현재 설정액 10억 원 이상 관련 펀드가 14개 운용되고 있다. 아직은 비중이 낮지만 고령화 속도가 빠른 우리의 현실에서 월지급식 펀드 수요가 크게 증가할 것으로 보고 있다. 은퇴연령에 접어든 베이비붐 세대들이 노후 생활자금의 하나로 월지급식 펀드를 선호하기 때문이다.

지급방식은 매월 투자 원본의 일정 비율을 자동 환매해주는 부분환매방식이 많다. 이익을 중심으로 월 지급을 하되 이익이 부족하면 원금을 깨서라도 지급하는 형태이다. 그러니 당연히 부분환매방식은 펀드 수익률이 떨어지면 투자원금 손실을 입을 수 있다는 단점이 있다.

실제 2013년도 2월 이전 설정 펀드 94개 중 마이너스수익률이 37개 달한다(한국경제신문, 2014년 2월 25일자). 수익이 발생하기는커녕 원금 손실을 내고 있다는 것이다. 따라서 수익률과 잔액을 정기적으로 점검해야 할 필요가 있으며, 금융전문가의 조언을 받아 운용하는 것이 좋다.

이 단점을 보완한 것이 채권 수익률 범위 내에서 지급액을 신축적으로 가져오는 월분배방식이다. 펀드가 운용을 하고 생긴 수익을 통해 최대한 원금을 건드리지 않으면서 월 지급을 하는 구조이다. 그러다 보니 당연히 매월 나오는 월지급금이 달라지는 위험성이 존재한다. 매월 안정적인 생활비가 필요한 분에게는 적합하지 않는 방식이라고 할 수 있다.

월지급식 ELS

주가연계증권(Equity Linked Securities)으로 주식지수인 코스피 등 일정 조건에 충족할 경우에 월수익금을 지급해 주는 방식이다. 원금이 보장되지 않지만, 원금보장형이라 할 정도로 안정성이 높다. 다만 코스피 지수 등 수익에 관련된 부분을 충족시키지 못하면 월지급금을 받지 못하는 경우도 있어 유의해야 한다. 그 외에도 주가지수는 물론 금이나 은 등 실물자산을 기초자산으로 하여 움직이는 파생결합증권 DLS(Derivative Linked Securities)도 있다.

만약 원금보장형 ELS를 원한다면, 파생결합사채 ELB(Equity Linked Bond), 파생결합사채 DLB(Derivative Linked Bond)가 있다. 증권회사뿐 아니라 은행도 발행할 수 있다. ELS보다 수익률은 떨어지지만 대신 원금이 보장되고, 상대적으로 은행금리보다 수익률이 높다. 하지만 은행예금과 달리 예금자 보호 장치가 없어 2013년 동양그룹 사태처럼 발생회사가 흔들리면 원금을 돌려받지 못할 경우도 있으므로 발생회사의 신용등급이 중요하다고 할 수 있다.

즉시연금보험

즉시연금보험은 말 그대로 목돈을 한꺼번에 넣고 다음 달부터 즉시 월급처럼 연금을 받을 수 있는 상품이다. 일정 금액의 목돈을 예치하면 매달 일정 금액을 지급받는다는 면에서 월지급식 펀드와 같지만 '공시이율'이라는 금리에 따라 연금액을 지급받는다는 점에서 차이가 있다. 따라서 확정금리상품은 아니며 변동되는 공시이율이 적용되면서 연금액이 바뀔 수 있다. 다만 최저보증이율 이하로는 떨어지지 않는 구조이다.

  그러나 1인당 2억 원까지는 최소 10년 이상을 유지하는 경우, 이자소득에 대한 비과세혜택이 가장 큰 장점이자 유의해야 할 점이다. 또 종신형을 택할 경우에는 중도해지가 불가능하므로 전문가와 함께 보험사를 잘 선택해야 한다.

은퇴 관련 연금정보 사이트

· 금융감독원/통합연금포털

https://100lifeplan.fss.or.kr/

· 한국금융투자자보호재단

http://www.invedu.or.kr/

· 연금보험 전문비교사이트

http://www.justannuity.net/

· 한국주택금융공사

http://www.hf.go.kr/

· 한국농어촌공사

http://www.fplove.or.kr/

2
부동산은 은퇴 준비 대책이 될 수 있는가?

• 우리나라 부동산의 현실

우리나라 가계에서 부동산과 같은 실물자산이 차지하는 비중이 70%를 상회할 정도로 큰 비중을 차지한다. 따라서 향후 우리나라 부동산 시장은 어떻게 변화할 것인가를 예측하는 것은 예비은퇴자나 은퇴자의 은퇴 준비 대책에서 중요하다.

미국의 경제학자 해리덴트의 말을 잠시 빌려 보자. 그는 2020년 정도까지 상대적으로 안정적인 인구구조를 유지할 것이며, 주변국가에 비해서 상대적인 우위를 유지할 것으로 보고 있다. 2018년 이후에 인구감소시대를 맞게 되지만 세대수는 그 훨씬 이후에야 감소할 것으로 예측하고 있다. 한국 부동산 시장의 미래에 대해 상대적으로 긍정적인 예측을 하고 있는 것이다.

그러나 점점 은퇴와 고령화로 인해 소비가 주저되고, 20~40대의 주 수요층이 신규주택 시장 진입에 어려움을 겪거나 손실회피(loss evasion)전략으로 대응하면서 더욱 지난한 지경에 봉착할 것으로 전망되는 것은 부인할 수 없는 현실이다.

부동산에 집중된 가계자산

통계청의 가계금융 · 복지조사보고서(2013년)에 의하면 2013년 현재 우리나라 가구의 평균 총자산은 3억 2,557만 원이며 부채 5,818만 원을 제외하면 순자산은 2억 6,739만 원이다. 그런데 총자산에서 실물자산이 차지하는 비중을 보면 2억 3,856만 원으로 73.3%를 차지하고 있고, 금융자산은 8,700만 원으로 26.7%를 차지하고 있다. 이러

한 실물자산 비중은 세계 최고의 수준으로서, 미국과 일본에서 2012년 총자산에

서 실물자산이 차지하는 비중이 각각 31.5%, 40.9%임을 감안하면 가히 우리의 높은 수준을 짐작할 수 있겠다(금융투자협회, 2013).

더 세부적으로 살펴보자. 총자산 중에서 부동산이 차지하는 비중은 2013년에 67.8%이다. 그 비중이 2006년에 76.8%, 2012년에 69.7%였던 점과 비교해 보면 여전히 높은 수준을 유지하고 있지만 부동산 비중이 다소 완화되고 있긴 하다.

지역마다 혹은 연령별로 차이가 발생할 수 있는데, 서울 베이비붐 세대(1955~1963년생)의 평균 자산은 5억 1천만 원으로, 그중 주거부동산이 3억 8천 100만 원으로 74.1%를 차지하고 있으며 투자부동산 4천 600만 원을 합하면 부동산 관련 자산이 83%에 이르는 것으로 파악되었다(서울연구원, 2015).

부동산의 고정성과 환금성에서의 부담에 주목하고 자산의 유동성을 강화해야 한다는 전문가들의 경고에도 불구하고 이렇게 부동산 비중이 높은 것에는 몇 가지 이유가 있다. 가장 먼저 꼽을 수 있는 것은 부동산자산에 대한 전통적인 애착심이다. 두 번째 경기가 어려울 때 이루어지는 자산 처분에서 부동산이 가장 마지막으로 선택되는 대상이라는 점이다.

2009년 부동산114와 한국갤럽이 공동으로 '경기 하락 후 자산 처분에 대한 현황'을 조사한 결과에 의하면, 가장 먼저 처분한 자산은 저금리 영향에 따라 수익이 적었던 예금이었으며 전체 38.1%에 달했다. 그다음은 당장 필요성이 떨어지는 보험이 25.7%였고, 펀드도 19.8%로 그다음을 차지한다. 그리고 부동산은 약 7%만이 처분하거나 축소한 것으로 조사됐다. 결국 보유한 자산 중에서 가장 큰 비중을 차지하는 부동산이 처분하기도 어렵고 처분하려는 우선순위에서도 밀리는 현상이 있다는 것이다.

이에 대해 부동산 전문가들은 부동산 자산을 보유하는 것만으로 각종 위험이 증대하는 시절에 와 있다고 경고한다(이상영, 2009; 주상철, 2014). 가격 하락의 위험, 이자 부담의 위험, 저가 처분의 위험 등 부동산 편중 보유에 따른 위험이 점점 커지고 있다는 것이다. 이에 따라 은퇴 후 별다른 소득이 없는 상황에서 보유하고 있는 부동산 자산을 여하히 관리하고 활용할 것인가가 중요한 화두가 되고 있다. 바야흐로 부동산 자산관리시대가 개막했다고 볼 수 있다.

• 외국 베이비붐 시대의 교훈

일본과 미국 베이비붐

베이비붐 세대는 출산율이 급등한 특정 기간에 태어난 세대를 뜻하는 말로, 각 나라마다 베이비붐은 시대적 배경을 달리하고 있다. 일본의 베이비부머는 1930년 중일 전쟁 이후 태어난 베이비부머와 1947년부터 1949년 사이에 출생한 단카이 세대(団塊世代)로 나눌 수 있다. 특히 단카이 세대는 1947년부터 1949년 사이에 출생한 806만 명이 노동시장에 유입되면서 싼 임금으로 일본의 고도성장을 뒷받침하였다. 하지만 1990년대 이후 일본 제로성장의 주된 이유가 1차 베이버부머의 은퇴와 단카이 세대의 고령화였다. '잃어버린 10년'의 이유가 되고 있다. 1990년대 일자리를 잃고 소비를 줄이면서 내수시장이 위축되고 투자 감소를 야기하였던 것이다.

미국의 베이비부머는 1946년부터 1964년생까지의 7,800만 명이 해당된다. 이들이 청년층에 해당하는 70년대와 80년 초반에는 다가구주택들이 부동산 시장을 주도하게 된다. 그리고 1980년대 중반 이후에는 도시 외곽의 단독주택들이 호황을 맞은 것은 이들의 자산을 축척한 시기와 맞물려 있다. 그리고 이들이 은퇴를 시작한 시기와 2006년 서브프라임 모기지 사태와도 일치한다.

우리나라의 베이비붐은 1955년부터 산아제한정책이 시작되기 직전이 1963년까지의 9년 동안 출생한 세대를 가리키는데, 2010년 추계인구 기준으로 712만 명이며 총인구의 14.6%를 차지하고 있다. 일본의 단카이 세대가 총인구에서 차지하는 비중이 5%임을 감안하면, 우리나라 베이비붐 세대의 영향력을 짐작할 수 있다. 이들은 각종 선거에서도 절대적인 영향을 미쳤으며, 경제적 영향력까지 고려한다면 한국현대사에 미치는 그 영향력은 실로 크다고 하지 않을 수 없다.

베이비붐 시대의 부동산 교훈

일본의 경우, 30년대 태어난 베이비부머가 1991년 이후 은퇴하면서 이후 21년간 부동산 가격이 하락해 왔으며 오피스임대료 기준으로 63%나 하락한 상태이다. 최근 '아베노믹스'에 의해 일본의 부동산 시장이 기지개를 켜고 있다. 땅값이 20% 이상 오를 것이라는 예측도 있지만 아직은 조심스럽기만 하다(서울경제, 2013. 3. 5일자).

미국에서도 2006년 이후 부동산 시장의 붕괴, 특히 장기모기지 시장의 붕괴가 발생했다. 미국의 이러한 변화를 설명하는 강력한 도구 중의 하나도 인구구조의 변화다. 미국은 1946년부터 7,820만 명에 달하는 베이비부머가 있고, 이들의 은퇴 시기가 부동산 시장 붕괴 시기와 맞아떨어지고 있다(이상영, 2009).

우리나라에서도 베이비부머들이 20대 후반 및 30년 초반이었던 1988년경 주택 가격 급등의 배경이 되었으며, 2000년대 초반 중대형 주택 가격 급등 역시 좀 더 큰 규모 아파트로 갈아타려는 이들의 수요에 기인하고 있었다. 최근에는 이들 역시 은퇴의 기로에 서면서 부동산 가격 하락과 깊은 관련이 있다.

• 부동산 자산 관리

가계의 부동산 자산 관리 인식 필요

통상 '부동산 자산 관리'라는 개념은 부동산의 시설 관리나 임대 관리 정도로 이해되고 있다. 그러나 광의적인 의미에서 부동산 자산 관리는 자산을 가계자산 전체의 포토폴

리오라는 관점에서 다루는 것을 말한다.

이를테면 내 집 마련도 단순히 주거 안정을 위해 보유한다는 생각보다는 향후 부동산 가격의 변화를 고려한 판단이어야 한다는 것이다. 거주 가족 수에 맞는 주택을 구입하기보다는 소형 주택을 구입함으로써 금융기관 대출에 의한 금융비용을 최소화하거나 또 소형 주택을 구입한 후 남는 금액으로는 새로운 투자처를 발굴하여 임대 수입이 발생할 있도록 하는 등의 자산 관리가 필요하다는 인식이다.

기본은 가계의 부동산 자산 축소

일반적으로 부동산 관련 자산 비중이 70% 내외를 차지한다. 그러면서 베이비부머의 월 소득은 서울의 경우 230.9만 원, 월 지출은 271.4만 원으로 매달 40.5만 원의 적자를 보이는 것으로 조사되고 있다(서울연구원, 2015).

결국 부동산 관련 자산을 줄여서 생활비에서 여유를 확보하는 것이 가장 급선무인 것으로 파악된다.

보유한 부동산 규모를 줄이거나 부동산 가격이 낮은 지역으로 이사를 통해 보유 부동산 가격을 줄이고 그 여유 자금을 즉시연금과 같은 금융자산이나 수익용 자산에 투자해서 생활비로 활용하는 것이 가장 우선적인 처방이 될 수 있다. 그렇다고 보유하고 있는 부동산을 모두 처분하여 수익성에 매달리는 것은 현명한 방법이 아니다. 최소한의 거주용 주택을, 그리고 농업인인 경우에는 농지를 보유함으로써 향후에 주택연금제도, 농지연금제도를 활용하여 노후경제력을 보유할 수 있는 안전장치는 확보할 필요가 있다.

도시계획 추세에 대한 이해

인구성장 정체기와 저성장시대에는 더 이상 시 외곽으로 외연적 확산 통한 도시개발은 수익성이 떨어질 수밖에 없다. 주요 역세권이나 인구밀집지역에서 재개발, 재건축과 같은 도시재생사업이 활발해지는 이유이다. 이를 도시계획에서는 뉴어바니즘(New Urbanism)으로 설명이 가능하다.

그렇다면 역세권과 인구밀집지역이란 어디를 말하는 것인가? 지방보다는 서울과 수도권이며, 시 외곽보다는 도심과 주요 역세권이며, 단순 상가보다는 복합적인 상업기능 밀집지역을 말한다. 막연한 투자가 아니라 도시계획의 엄정한 추세와 변화 분석이 선행되어야 한다는 것이 은퇴자의 부동산 자산관리 핵심이다.

• 부동산 투자를 위한 틈새시장

더 이상 부동산 시장은 매력적이지는 않다. 장기적으로 기대되는 전망도 없다. 절대인구수가 감소하는 것은 물론이고, 은퇴인구가 지속적으로 늘어나면서 보유부동산 처분으로 인해 부동산 가격은 떨어질 수밖에 없기 때문이다. 하지만 중단기적으로는 새로운 추세를 반영하고 지역별 특성을 고려한 틈새시장의 경쟁력은 유지될 가능성은 크다. 남아 있는 틈새시장과 투자 관심처로서 수익용부동산, 대중적 실버타운, NPL, 점포주택을 소개하고자 한다.

임대수요를 고려한 수익용 부동산

부동산을 통해 월급쟁이로서 상상할 수 없는 자산형성의 달콤함을 맛본 베이비붐 세대들은 부동산 시장을 떠나지 못하고 있다. 평생을 모은 1~2억 원의 종자돈을 들고 이곳저곳 부동산 투자처를 찾고 있다. 이때 귀동냥해서 들은 이야기가 수익용 자산에 투자하라는 이야기이다. 월 50~70만 원의 임대료 수입이면 연 600만 원에서 840만 원이고, 정기예금보다 수익률이 2배 이상 높다.

1억 원으로 투자가능한 대표적인 부동산이 오피스텔이다. 1~2인 가구가 늘면서 임대수요가 지속적이고, 상대적으로 저렴하기는 하나 갑갑한 고시원 등에서 탈피한 좀 더 쾌적한 거주공간이 오피스텔인 것이다. 그래서 오피스텔, 상가 등의 분양공고에 눈이 번쩍 뜨여 모델하우스를 찾고 있다.

소유시대를 지나 임대시대로 들어선 지금, 원론적으로 옳다. 그러나 조심하고 유의해야 할 사항이 적지 않다. 첫째, 투자하고자 하는 지역과 분야가 잘 아는 지역, 분야여야 한다. 잘 모르는 지역이면 확신이 들 때까지 방문하고 찾아보고 분석하여야 한다는 뜻이다. 현금수익성이 좋다는 주변의 말만 믿고 잘 알지도 모르는 지역의 부동산을 구입하는 행위는 기름을 들고 불구덩이에 뛰어드는 일과 같다고 할 수 있다.

둘째, 신규분양 물건보다는 검증된 매물을 구입할 것을 권한다. 각종 분양공고에 기웃기웃하는 경우가 많지만 보수적인 판단이 필요하다. 왜냐하면 기초적인 상권분석 능력조차 없는 일반 시민들로서는 향후 임차수요 판단이 어렵기 때문이다. 향후 주변 지역에 또 다른 경쟁력 있는 부동산이 들어서면서 수익성에서 큰 손해를 보게 될지, 더더구나 사업시행자가 건전한 재무구조를 가지고 있는지조차도 알 길이 없다. 그러다 보니 분양영업담당자의 유려한 입담에 솔깃해서 투자를 결정하는 경우가 많다. 이미 검증되었고 주변에 신규 개발가능지가 존재하지 않는 수익용 부동산에 대한 투자를 권한다.

셋째, 소규모투자로 이어져야 한다. 은퇴시대에는 수익성 제고보다는 리스크 최소화가 훨씬 중요하다. 분산투자를 통해 혹시 있을지 모를 위험을 최소화하고 대신 낮은 수익률도 감당하여야 한다. 눈앞의 욕심은 부동산 투자 실패의 지름길이다.

마지막으로 엄정한 가치분석에 초점이 맞추어져야 한다. 욕심이 앞서면 부동산의 진정한 가치를 제대로 분석해 낼 수 없다. 객관적이고 보수적인 가치분석이 있어야겠다.

미래의 주택으로서 대중적 실버타운

「노인복지법」에 의하면 노인복지시설을 크게 노인주거복

지시설, 노인의료시설, 노인여가시설, 재가노인복지시설로 구분하고 있다. 노인의료시설은 주로 건강상 문제가 있어 의학적인 치료가 필요한 시설로서 대표적으로 요양원이 해당된다. 노인여가시설은 노인들이 여가시간을 갖고 활용하고 즐기며 배우는 노인복지관 또는 노인교실과 같은 시설이라고 할 수 있다. 반면에 재가노인복지시설은 시설이라기보다는 서비스프로그램이라고 보면 되겠다. 여기서 중요한 것은 '노인주거복지시설'이다. 특히 노인복지주택과 노인공동생활가정이 여기에 해당한다.

고령화와 라이프스타일의 변화 등에 따라 장년층과 노년층을 대상으로 하는 노인복지주택에 해당하는 실버타운이 증가하고 있다. 그런데 현실적으로 실  버타운에 입주하려면 아직은 그 경제적 부담이 만만치 않다. 하지만 앞으로 노인 1~2인 가구가 급증함에 따라 각종 편의기능을 제공하면서도 경제적 부담이 적은 대중적인 실버주택 수요가 기하급수적으로 늘어나리라 예상된다.

전 국민의 반 이상이 거주하는 아파트에 거주하는 노인

은 요리·청소·세탁 등의 부담에서 벗어날 수 없다. 요리·청소·세탁과 같은 각종 편의기능을 제공받거나 다양한 노인여가프로그램을 제공받을 수 있는 소형 노인복지주택이, 활용도도 떨어지고 세금 부담도 큰 노령인구의 중형아파트를 대체할 것으로 보인다.

NPL(Non Performing Loan)

NPL이란 금융회사의 부실채권을 뜻한다. 다시 말해 금융기관이 대출을 해 주었으나 원리금을 제때 못 받아 묶인 돈을 의미하는데, 기업이 부도나 법정관리에 들어가거나 6개월 이상의 연체적인 대출이 여기에 해당한다.

부실채권이 발생하면 은행에서는 이 부실채권을 매도해 현금화하려 하는데, 한국자산관리공사에서 공매를 받아 이를 다시 AMC(자산관리회사)에 판매를 하게 된다. 'NPL'이라고 불리는 투자방법은 일반인이 이 AMC로부터 그 부실채권을 매입하는 투자방법인 것이다. 다시 말해, 부실채권에 대해 돈 받을 권리를 사는 것을 말한다. 즉, 말 그대로 채권인 근저당권을 사 오는 것이다.

경매는 근저당권에 의해 법원에서 입찰방식을 통해 낙찰 받는 것이라면, NPL은 근저당권 자체를 소지한 회사에서 구입하는 것이기 때문에 좀 더 수익성이 좋고 안전한 투자상품이라고 할 수 있어 최근 각광을 받고 있다. 하지만 이 역시도 자산관리회사의 건전성과 신뢰성이 담보되어야 하고, 부동산자산에 대한 가치평가를 제대로 할 수 있는 안목을 갖추어야 성공적인 투자로 이어질 수 있음은 불문가지이다.

거주와 임대수익을 동시에 해결하는 점포주택

저층부는 상가나 점포로 사용하고, 상층부는 거주공간으로 활용하는 주택을 흔히들 '점포주택'이라고 한다. 입지가 좋은, 소규모 필지에 들어선 주택을 리모델링하거나 재건축하여 점포주택으로 활용하는 방안이 권장될 수 있겠다. 거주인구수에 따라 상층부를 거주공간으로 사용하면 되고, 저층부는 상가나 점포로 꾸며 세를 놓거나 직접 직영할 수도 있다. 이렇게 되면 거주문제도 해결하면서 일정한 소득이 창출될 수 있는 구조여서 장점이 많다.

이때 상가나 점포에 대한 임대수요가 충분한지에 대한 엄밀한 사전분석이 필요하고, 상가나 점포는 조성할 때 임대를 위해 별도로 상하수도, 가스 등의 시설을 설치해 놓아야 하는 점에 유의하여야 한다.

3

창업/재취업은 손쉬운 선택인가?

• 창업의 현실

손쉬운 선택으로서 창업

창업은 은퇴자들이 선택할 수 있는 가장 손쉬운 선택이다. 은퇴를 앞두고 그동안 자신이 쌓아 왔던 노하우를 잘 활용할 수 있을 뿐만 아니라, 오랫동안 마음속으로 간직해 왔던 영역에 새로운 도전을 시도해 볼 수 있는 훌륭한 기회이기도 하다. 자신만의 의지를 가진다면 언제든 뛰어들 수 있는 영역이 창업인 것이다.

그동안 직장인으로서 누구의 밑에서 지시에 의해 움직여야 하는 수동적인 삶의 모습이었다면, 이제는 자신의 결정에 의해 모든 것이 진행되는 CEO로서 보람과 열정이 넘치는 장밋빛 미래가 기대되는 순간인 것이다.

고난의 길, 창업

그런데 창업은 과연 성공의 지름길이며 새로운 영역 개척이었던가. 세상은 결코 녹녹치 않다. 자신이 잘 알고 있다고 믿었던 영역에서도 막상 자기사업으로 뛰어들다 보면 많은 난관에 부딪치기 마련이다.

창업 그 자체도 손쉽지도 않다. 가령 조그만 식당 하나를 개업하려고 해도 미리 창업교육, 요리교육, 위생교육을 받는 것은 물론 식당자리를 찾아 계약하고 사업자등록증 신청, 식당 내부 인테리어, 포스시스템 설치, 직원 채용, 주방장 채용, 식자재 공급 확보, 광고에 이르기까지 실질적으로 1년에 가까운 시간이 소요된다. 이런 과정이 힘들어 프랜차이즈 가맹점 형태의 창업에 의지하기도 하지만 초기 투자가 만만치 않다. 그만큼 실패했을 때 떠안게 되는 부담이 더 크다.

높은 실패율, 창업

더구나 창업만으로 어떤 성공을 담보하지 못한다. 통계에 의하면 전체 자영업자 중 50대 자영업자의 비중이 2013년에 30.8%로 점점 늘어나는 추세를 보이고 있다. 이와 같이 자영업 창업 중에서 주로 생계를 위해 하는 창업을 생

계형 창업이라고 한다(이코노미스트, 2014년 11월 21일). 이런
생계형 창업 비중이 전체의 80%에 달하는데, 문제는 창
업 후 생존율이 낮다는 것이다.

중소기업연구원(2014)의 보고에 의하면, 생계형 자영업
자가 1년 후 83.8%만 생존하고 3년 후에는 40.5%, 창업
5년 후에는 29.6%만 살아남는다고 한다. 결국 자영업자
10명 중 7명이 창업한 후 5년 안에 사업을 접는다는 얘기
이다. 우리나라 자영업자 비중이 OECD 평균의 2배가 넘
는다 하니 이미 시장이 포화상태이고 그만큼 실패확률도
높을 수밖에 없다.

| 생계형 자영업자 생존율 |

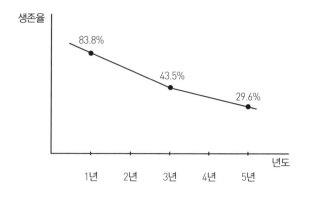

자료 : 중소기업 연구원(2014)

그러면 자영업을 하는 분들은 제대로 수익을 얻고 있는가. 50세 이상 자영업자 절반가량의 월 평균수입이 100만 원에도 못 미친다는 조사 결과가 있다. 국민연금연구원(2015)의 연구에 의하면, 50세 이상 자영업자의 월 평균 수입이 월 100만 원 미만이 44.7%, 월 100만 원에서 200만 원 미만이 21.3%로 10명 중 7명은 월 200만 원 미만의 수입을 챙기는 것으로 확인되었다. 이러한 위험성을 무시하고 무턱대고 창업부터 하려는 은퇴자와 예비은퇴자가 너무 많다.

그렇다면 창업실패 이유는 무엇일가? 그 원인 1위가 63.3% 운영미숙이다. 준비 없이 창업을 했던 결과이다. 따라서 철저한 준비 과정은 창업의 필수 조건이라고 할 수 있다.

• 자영업 창업을 위해 고려해야 할 4가지

관심 분야

먼저 자신이 잘 알고 있고 관심 있는 분야에서 창업을 하여야 한다. 다시 말해서 잘 모르는 분야에서 주변의 말만 믿고 창업을 해서는 안 된다는 것이다. 자신이 잘 알고 있는 분야이기 때문에 네트워크도 갖추어져 있고 많은 지식과 정보를 보유하고 있다. 그렇기 때문에 큰 위기에 이를 수 있는 위험을 상당히 줄일 수 있을 것이다.

혹 익숙하지 않은 영역이라 하더라도 관심이 있고 기꺼이 즐길 수 있는 분야에서 창업할 것을 권한다. 새로운 도전이기에 제2의 인생으로서 관심과 열정을 가질 수 있거나 더 나아가 즐길 수 있는 분야에서 창업하여야 혹시 있을지 모를 실패를 기꺼이 감수할 수 있을 것이기 때문이다.

준비 과정

둘째, 창업을 위한 충분한 준비 과정을 확보하여야 한다. 폐업률이 그렇게 높은데 과연 창업 준비는 얼마 동안이나 하는 것일까? 중소기업청(2013)에 따르면 자영업자들이 창업에 들인 시간은 평균 8.6개월이며, 준비 기간이 6개월 미만인 경우가 전체의 60.1%이다. 3개월 미만도 23.9%나 된다.

창업의 위험이 곳곳에 엄존하고 있는데 대충의 경험으로 창업을 서두르는 것은 이해하기 어렵다. 가령 요식업의 경우에도 몇 군데 둘러서는 맛보고 대충의 레시피 정리로 다 이해했다고 볼 수 없다. 성공한 식당에는 남이 결코 알지 못하는 자기만의 비법이 존재한다. 수십 년 동안 쌓아 온 비법이기에 눈이나 짐작만으로 알 수 없는 것이다.

준비 기간보다 더 중요한 것은 밑바닥부터 시작하겠다는 마음의 준비이다. 과거의 화려했던 경력은 모두 잊고 가장 낮은 자세로 어렵고 힘든 일은 내가 먼저 직접 하겠다는 자세가 중요하다. 어떤 음식점 사장님은 바닥 청소, 화장실 청소, 식당 앞 거리 청소 등과 같은 자질구레하고 하찮은 일을 도맡아 한다. 월급이 많은 직원들에게는 더 생산적이고 부가가치가 창출되는 일을 시켜야 한다는 것이다.

소액

셋째, 소액부터 시작하여야 한다. 화려하고 근사한 출발을 꿈꾸겠지만 적은 돈으로 소규모로 시작해야 하는 것이다. 그래야 혹시 실패할지라도 자신이 일생 모아 온 모든 것을 잃지 않을 수 있기 때문이다.

최소한의 인원으로 출발하거나 더 나아가 종업원 없이 혼자 하는 것부터 모색하는 것이 바람직하다. 인원을 최소화하여 초기투자비 자체를 줄이는 것은 물론, 안정적으로 자리 잡기 전까지의 적자상태에서도 지출되는 운영 및 관리비노 충분히 고려하어야 한다. 직어도 수개월 동안 현금 만져 보는 일이 없을 수도 있기 때문이다.

창업 정보

마지막으로 많은 창업 정보를 확보하여 실질적인 도움을 받을 수 있어야 한다. 소상공인진흥공단에서 창업과밀지수와 온라인 자가진단 등 상권정보시스템을 이용할 수 있고, 교육 · 인턴체험 · 자금을 패키지로 지원하는 소상공인사관학교도 적극 활용할 수 있다. 또 운용단계에서도 저금리의 정책자금 활용할 수 있는 방법이 많으며 혹 폐업을 해야 하는 경우에도 임금근로자로 재취업시키는 프로그램을 적극 활용할 수 있다. 희망이 있는 곳에 길이 있다는 속담이 가장 부합될 수 있겠다.

• 재취업의 현실

대안으로서 재취업

창업을 위한 목돈도 마련되어 있지 않고, 게다가 오랫동안 배운 도적질을 활용할 수만 있다면 얼마나 다행한 일일까? 하지만 현실은 취업하려는 젊은이들도 넘치는 마당에 연로한 은퇴자들을 채용하려는 기업은 많지 않다. 그렇게 용이한 일이라면 처음부터 아예 걱정도 하지 않았을 것이다. 판검사를 그만두고 로펌에 취업하거나 변호사를 개업하는 이와 같은 특수한 사례가 얼마나 되겠는가.

젊은 시절 취업을 위해 긴 시간의 교육과 노력이 필요했듯이 노후 재취업을 위해서는 더 많은 준비와 노력이 필요하다.

재취업을 위한 준비

우선 어떤 영역에서 일을 할 것인지에 대한 판단이 필요하다. 금전적인 수입도 어느 정도 있어야 하고 자신의 건강과 체력마저 뒷받침해 준다면 좀 더 공격적인 선택을 할 수 있겠지만, 그 반대의 상황이라면 선택의 폭이 제한적일 수밖에 없다.

단번의 판단으로 노후에 있어 천상의 일자리를 선택하는 일이 그리 쉬운 일일 수 있을까. 예를 들어 바리스타로 취업해서 커피를 만드는 일이 낭만적으로 보일 수 있지만, 하루 종일 서 있어야 하고 다양한 취향의 손님을 상대하는 일이 결코 쉽지만은 않다. 따라서 자신의 상황과 능력을 충분히 고려하여 재취업 영역을 판단하는 노력이 필요하다.

더불어 재취업을 위한 사전 교육과 준비가 필요하다. 금융기관에 근무 경험을 활용하고자 공인중개사로 취업하려면 역시 고시와도 같은 공인중개사 자격증을 따야 한다. 아파트관리사무소 소장으로 취업할 수 있는 주택관리사 자격증을 취득하려고 해도 1년 이상이 소요된다고 보면 맞다. 택시기사를 하려고 해도 택시기사 자격증이 필요하지 않은가.

이를 은퇴 이후 뒤늦게 시작하면 마음만 조급해진다. 요즈음 사이버교육을 받을 수 있는 교육기관이 많고 그 영역도 다양하다. 은퇴를 앞두고 다양한 영역에서 교육을 미리 받고 자신의 인생 후반전을 맡길 만한지, 자신이 감당할 수 있을 것인지를 진지하게 점검할 필요가 있다.

각 영역에는 전문가가 있다. 이들과의 상담을 통해 다양한 영역에서의 많은 정보를 확보하여야 할 것이다. 어차피 모든 영역의 일을 모두 다 경험해 볼 수 없다. 각 영역의 전문가와의 상담을 통해 간접적인 정보와 지식을 쌓는다면, 실패와 실수를 줄일 수 있을 것이다.

• 창업/재취업 정보

중앙부처 산하기관이나 각 지방자치단체에서는 창업지원
센터 또는 재취업을 위한 훈련 및 정보 제공을 위한 시설
을 설립하여 운영하고 있어, 이들 기관으로부터 여러 가
지 도움을 받을 수 있다. 다만 유의해야 하는 것은 영리
를 목적으로 하는 민간창업컨설팅업체가 '창업지원센터'라
는 간판을 걸고 마치 공공기관인 것처럼 하는 경우가 있는
데, 이들이 영리를 목적으로 하고 있다는 점에 유의해야
한다. 이들 기관을 간단히 소개하면 다음과 같다.

소상공인시장진흥공단 소상공인포털
소상공인시장진흥공단에서는 예비창업자 및 업종전환 예
정자를 대상으로 하여 창업 준비 단계에서부터 창업 전 과
정에 걸쳐 체계적인 지원을 하고 있다. 창업을 위한 자가
진단과 상담을 하고, 이론교육과 현장실습을 거쳐 사후관
리까지 교육프로그램에 포함시켜 실질적인 교육을 받을
수 있다. 또 소상공인포털을 개설하여 소상공인으로서 창
업하려는 이에게 종합적인 창업정보를 제공하고 있다.
  이 사이트와 연동되는 소상공인시장진흥공단 상권정보

시스템에서는 실질적이고 구체적인 정보를 제공하고 있어, 실제로 자영업을 창업하려는 이에게 큰 도움을 주고 있다. 여기에서는 창업을 위한 기초 자료로서 지역 특성, 경쟁 현황, 임대시세, 인구 및 매출통계와 같은 상권 분석 정보를 제공해 준다. 더 나아가 지역, 업종, 임대료와 창업예정정보를 입력하면 상권, 업종, 매출 특성은 물론 예상수익까지 분석해 준다. 그 외에도 점포의 과거, 개업, 폐업 이력까지 제공되고 있기 때문에 활용하기에 따라 엄청난 도움을 받을 수 있어 적극 활용이 요망된다.

신용보증기금 희망창업아카데미

신용보증기금은 창업자를 위한 다양한 지원 체제를 갖추고 있다. 창업과 관련하여 상담을 받을 수 있고 제대로 된 교육을 받을 수 있다. 희망창업아카데미는 창업과 관련하여 일정 기간 동안 각계의 전문가들로부터 다양한 교육을 받을 수 있다. 또 창업지원종합시스템을 구축하여, 실제 창업 과정에 들어선 창업희망자들에게 최종적인 창업에 이르기까지 각종 지원을 제공하고 있으므로 예비은퇴자들이 관심을 가져야 기관이다.

서울특별시 소상공인경영지원센터

각 지자체에서는 소상공인경영지원센터를 개설하여 성공적인 창업을 위해 지원하고 있다. 서울특별시의 경우 소상공인을 위한 종합컨설팅, 협업화사업을 지원하고 있으며 예비창업자를 위한 업종별 전문·특화교육을 실시하고 있다. 그 외에도 창업정보를 창업 절차, 입지상권, 아이템, 타당성, 전략, 자금, 점포 계약, 종업 채용 등으로 구분하여 제공하여 유익하게 활용할 수 있다.

노사발전재단 중장년일자리희망센터

노사발전재단은 2006년 노사정위원회의 합의를 통해 설립된 고용노동부 산하 공공기관이다. 노사발전재단에는 중장년일자리희망센터가 운영되고 있다. 센터에서는 40세 이상의 예비은퇴자를 대상으로 개인별 진단을 통해 개인의 직업 능력을 파악하도록 하고, 이를 바탕으로 재취업이나 창업 컨설팅 및 교육프로그램 진행하고 있다. 이와 같이 구인·구직 정보를 제공하는 것은 물론, 고객전직지원플라자(CTP: Career Transition Plaza)의 운영을 통해 재취업을 위한 활동 공간을 제공하기도 한다.

중장년일자리희망센터는 노사발전재단 외에 중소기업

중앙회, 각 지역별 상공회의소, 경영자총연합회 등에 설치되어 있는데, 현재 서울 7개소, 인천·경기 5개소, 강원 1개소, 충청 3개소, 영남 7개소, 호남 4개소, 제주 1개소 등 전국에 28개소가 설치·운영되고 있다.

중장년일자리희망센터 현황

지역	기관명	소재지	연락처
서울	중소기업중앙회	서울 영등포구 은행로 30	02-2124-3292
	노사발전재단 서울센터	서울 마포구 마포대로 130	02-6021-1120
	노사발전재단 강남센터	서울 강남구 테헤란로 120	02-3488-1900
	한국무역협회	서울 강남구 영동대로 511	02-6000-5396
	전국경제인연합회	서울 영등포구 여의대로 14	02-6336-0613
	대한은퇴자협회	서울 광진구 아차산로 589	02-456-0308
	대한상공회의소	서울 중구 세종대로 39	02-6050-3130
인천 경기	노사발전재단 인천센터	인천 남동구 남동대로 215번길 30	032-260-3800
	노사발전재단 경기센터	경기 수원 권선구 권광로 149	031-8014-8500
	평택상공회의소	경기 평택 평택로 149	031-1899-1495
	고양상공회의소	경기 고양 일산동구 중앙로 1257번길 38-31	070-8146-9292
	안산상공회의소	경기 안산 단원구 적금로 120	031-410-3030
강원	노사발전재단 강원센터	강원 원주 시청로 1	033-735-0968
충청	대전충남경총	대전 중구 계백로 1712	042-253-7051
	충남북부상공회의소	충남 아산 시민로 457번길 31	041-532-1563

	충북경총	충북 청주 상당구 무심동로 336번길 106	043-221-1390
영남	노사발전재단 부산센터	부산 연제구 중앙대로 1081	051-860-1321
	부산경총	부산 부산진구 범일로 176	051-647-0452
	경남경총	창원 성산구 창원대로 754	055-266-8317
	울산양산경총	울산 남구 대학교 60 A동	052-277-9984
	노사발전재단 대구센터	대구 서구 서대구로 128	053-550-3000
	경북경총	경북 구미 1공단로 135	054-461-5522
	경북동부경총	경북 포항 남구 시청로 8	054-278-5141
호남	광주경총	광주 남구 중앙로 87	062-654-3430
	노사발전재단 전주센터	전북 전주 완산구 효자로 225	063-222-1840
	목포상공회의소	전남 목포 해안로 173번길 29	061-247-4060
	전남경총	전남 순천시 녹색로 1641	061-741-0096
제주	노사발전재단 제주센터	제주특별자치도 제주시 중앙로 165	064-710-4501

창업/재취업 징보 사이트

· 소상공인포털

  http://www.sbiz.or.kr/

· 소상공인시장진흥공단

  http://www.semas.or.kr/

· 소상공인시장진흥공단 상권정보시스템

  http://sg.sbiz.or.kr/main.sg#/main

· 신용보증기금

  http://www.kodit.co.kr/

· 서울특별시 소상공인경영지원센터

  http://www.seoulsbdc.or.kr/

· 노사발전재단

  http://www.nosa.or.kr/

· 여성기업종합지원센터(재)

  http://www.wesc.or.kr/

4
귀농·귀어,
낭만이 넘치는 선택인가?

많은 직장인들이 은퇴 후의 바람으로 한적한 전원생활을 꼽는다. 이렇게 도시에서 시골로 돌아가 그동안의 지친 심신을 달래면서 새로운 제2의 인생을 시작하는 것을 통틀어 귀농·귀촌으로 알고 있다. 하지만 세부적으로 들여다보면 용어의 차이가 존재한다. 농촌으로 돌아가 농업에 종사하는 귀농, 바다를 이용하여 수산업을 영위하기 위해 어촌으로 돌아가는 귀어, 시골로 돌아가지만 농업·어업 외 직업을 주업으로 하는 귀촌으로 구분할 수 있다.

농림축산식품부와 통계청이 발표한 2014년 귀농·귀촌 가구는 총 44,682호로 2010년 4,067호에 비해 10배 이상 증가하고 있다. 이 중에서 귀촌가구 비율이 2012년 58.5%에서 2014년 74.9%로 늘어나는 등 전체적으로 귀촌가구가 크게 증가하고 있다. 하지만 60대 이상의 은퇴 연령층보다는 30대 이하, 40대, 50대의 증가폭이 큰 것으로 나타났다(송미령 외, 2015).

또 한국농촌경제연구원의 연구결과에 의하면, 과거 주먹구구식 귀농·귀촌 준비이었던 것에 비해 이제는 귀농·귀촌을 위해 1년 이상 준비하는 비율이 55.2%일 정도로 취업이나 창업 못지않게 치밀하게 귀농·귀촌을 준비하는 사람이 늘고 있다. 귀농·귀촌 이후의 만족도도 높은 것으로 나타나 10명 중 7명은 '도시로 이주할 의향이 없다'고 답하고 있다(마상진 외, 2015).

이것은 역설적으로 치밀한 준비 없이 낭만적인 생각으로 시작하는 은퇴연령층의 귀농·귀촌은 큰 실패를 경험할 소지가 많다는 것을 함의하고 있다. 농촌으로 돌아가는 귀농·귀촌, 어촌으로 돌아가는 귀어·귀촌으로 구분하여, 성공적인 귀농·귀어를 들여다보고자 한다.

• 귀농, 오늘 우리의 현실

낭만의 대명사, 귀농·귀촌

그동안 치열하게 경쟁하고 버티어 온 현실에서 한숨을 돌리고 안착할 수 있는 시골. 정신도 몸도 피폐해서 먼저 추스르고 쉬고 싶은 이곳은 지난 어린 시절의 추억이 함께하는 곳이기도 하다. 정년이 가까워질수록 더욱 절실한 곳이다.

'인생2막', '인생후반전'이니 뭐니 해도 재취업도 쉽지 않고, 끈 떨어진 초라한 모습을 주변에 보여 주기도 싫으니 공기 좋고 생활비 적게 들고 시골 따뜻한 인심이 남아 있는 이곳, 시골을 찾는 그날이 더욱 간절해진다. 실제 도시가구의 약 27%가 은퇴 후 농촌으로 이주하고 싶어 하는 것으로 나타났다(노승철, 2015). 그런데 과연 그럴까? 방송에서 전하는 낭만적인 모습이 현실일까?

가끔 아름다운 경치에 반해 정착할 곳을 정하기도 하지만 그것은 뒤집어 말하면, 생활환경으로는 가혹하다는 의미이다(마루야마 겐지, 2014). 상상할 수도 없는 종류의 재해를 입을 위험성도 크고 가장 기초적인 편의시설과 문화시설 지원도 여의치 않다. 왜 농촌에 젊은 친구들은 사라지고 노인들만 남게 된 것일까를 생각해 보면 쉽게 짐작할 수 있을 것이다.

물론 한적한 곳에서 지친 심신을 충분히 쉬게 하고 싶다는 생각도 이해가 된다. 하지만 피로 정도야 몇 개월 정도만 휴식을 취해도 충분히 사라진다. 일하고픈 의욕이 솟구칠 수 있다. 그래서 더욱 진지한 준비가 필요하다.

귀농 · 귀촌 준비와 결정

귀농 · 귀촌을 준비하는 데에는 몇 가지 절차적 이해와 결정이 필요하다.

먼저 어떤 유형으로 귀농할 것인지를 결정하여야 한다. 일반적으로 귀농인은 경지의 소유 여부에 따라 자작농, 자차농, 순임차농으로 구분된다. 또 주택의 구입에 있어서도 기존주택 구입, 귀농주택 건설, 귀농주택 임대, 귀농주택 빈집수리의 4가지 형태로 이루어진다(이창석외, 2013).

이미 농사 경험을 가지고 있거나 관련 업종에 종사했던 귀농자는 좀 더 적극적인 주택 구입과 자작농 형태를 취할 수도 있을 것이다. 하지만 일반적인 은퇴시기의 귀농 · 귀촌인은 일정 기간 동안 농촌 생활과 농업을 체험할 수 있는 임대방식을 적극 활용할 필요가 있다. 최대한 겸손하게 초기투자비를 줄일 수 있는 방식을 활용할 필요가 있다.

그 외에도 고려하여 할 요소가 적지 않다. 먼저 각종 편의시설이다. 도시에서는 병의원이 도보권에 있는 경우도 많지만, 농어촌에서는 감기 몸살이나 물리치료를 위해 찾게 되는 의원도 자동차를 이용해야 될 뿐 아니라 한밤중에 갑자기 열이 올랐을 때 찾는 응급실이 운영되는 병원도 긴 시간이 소요되는 경우가 허다하다. 자주 찾게 될 편의시설에는 어떤 것이 있는지 미리 체크를 해 보고 이들과의 접근성이 어느 정도인지 확인할 필요가 있다.

또 하나, 귀농 · 귀촌생활에서 간과하기 쉬운 것이 난방비이다. 대개 도시에서는 도시가스가 공급되고 있으며 그 비용도 크지 않지만, 농어촌에서는 도시가스 공급이 원활치 않아 기름보일러를 이용하게 되는데 그 비용이 상당하다. 이를 대체하기 위해 태양광이나 화목을 이용하기도 하지만 추가 비용이나 불편함이 이만저만이 아니므로 염두에 두어야 한다. 최근에는 정부에서 난방비를 획기적으로 줄일 수 있는 '귀농 단독주택단지'를 건설하려는 계획을 발표한 바가 있어 기대가 된다(머니투데이, 2016년 2월 22일자).

• 귀농 · 귀촌을 위해 고려해야 할 4가지

환금성

먼저 환금성을 고려하는 귀농이 되어야 한다. 여건이 여의치 않아 원래 살던 곳으로 귀도하여야 할 경우, 부동산 처분이 용이해야 한다는 것이다. 즉, 건강이 나빠져서 지속적인 치료를 받아야 할 경우 다시 도시로 돌아와야 하는데, 그때 농촌에 구입했던 부동산을 방치할 수 없는 노릇이 아닌가.

따라서 가장 귀농을 결심할 경우, 거창하게 황토집을 짓거나 근사한 농촌주택을 바로 구입하지 말고 먼저 일정 기간 동안 임대하여 이용해보는 것이다. 지자체별로 이를 위한 다양한 지원책이 있으니 적극 활용하면 가능한 일이다. 그러면서 그 지역에 대한 특장들을 파악하고 지역 인심과 정서도 살펴보는 것이다.

그러다가 영구거주를 결심하였거나 값싸게 나온 부동산이 있으면 그때 구입하여도 늦지 않다. 결국 대도시의 아파트처럼 수시로 구입과 처분이 이루어지지 않느니 만큼 최대한 농촌의 부동산 구입을 늦추어야 한다는 것이다. 아예 구입하지 않고 거주할 수 있는 방안을 강구하는 것도 좋다. 일 년에 2번의 문중 제사를 도와주는 부담만 지고 문중에서 제공하는 주택과 농지를 이용하는, 즉 초기 투자비 한 푼 들이지 않고 귀농·귀촌 생활의 토대를 마련한 이도 있다.

노령

다음은 나이를 먹는다는 것을 잊지 말아야 한다는 것이다. 은퇴 이후 귀촌하면서 마치 영생이라도 할 것처럼 잔뜩 욕심을 부린다. 자녀들이 놀러오면 바비큐 파티를 할 수 있도록 집도 근사하게 짓고, 주변에는 과실수나 농사를 지을 생각으로 넓은 농지를 구입한다. 도시와 비교가 안 될 정도로 땅값이 싸니 더 욕심이 생긴다.

그런데 텃밭을 가꾸는 정도에도 상당한 체력이 필요하다. 농사 아무나 하는 것이 아니다. 게다가 이미 나이 먹은 몸은 하루하루가 다르다. 고령자의 체력으로는 도저히 감당할 수 없는 일이 농사짓는 일이다. 게다가 초보농사꾼은 두 배 세 배 더 힘들어 곧 몸에 무리가 오게 되는 것은 인지상정이다. 그런데 응급적인 상황에서 농촌의 응급구조체계는 엉성하기 이를 데 없고 의료수준도 형편없이 낮다. 때에 따라서는 야생동물처럼 길에서 덧없는 죽음을 맞을 수 있다는 생각을 받아들여야 할 것이다.

아는 은퇴자 한 분은 귀농생활 몇 년 만에 무릎에 문제가 생겨 귀경해야 할 상황에 처하게 되었다. 매일 물리치료를 받아야 해서 도시로 돌아오고 싶지만, 농촌에서는 흔히 볼 수 없는 고급 농촌주택과 의욕적으로 마련한 과실수 땅이 팔리지 않아 오랫동안 고통을 겪고 있다. 병원, 복지시설 등 공공서비스에 대한 충분한 정보를 갖추어야 할 것이다.

시간 관리

자신의 시간 관리가 가능해야 할 일이다. 집에서 하루 종일 빈둥대다 보면 답답한 기분이 든다. 지역 주민들과 친화적인 관계를 형성하려는 소박한 생각에 자연스럽게 술을 찾게 된다. 탓하는 사람도 없고, 억지로 나를 움직여야 하는 강제적 규율도 없다 보니 더 빈번하게 술에 의존하게 된다. 결국 어느 순간에 건강과 자신의 소중한 목표의식까지 망가지게 되는 자신을 발견하게 된다.

술과 담배도 끊거나 절제하여야 하는 것은 물론이고 관리할 수 있는 일과를 가져야 한다. 예를 들어 시골에서도 철저하게 일과를 정하여야 하고, 규칙적인 운동 스케줄도 갖추어야 한다. 그리고 집중할 수 있는 그 무언가가 있어야 한다. 이것이 외로움을 달랠 수 있는 비장의 무기인 것이다. 이를테면 각 시·군의 문화센터나 읍·면·동 주민자치센터에는 다양한 프로그램이 개설되어 있는데, 노래교실 외에 건강교실 및 스포츠프로그램, 교양프로그램이 그것이다. 이를 적극 활용할 필요가 있다. 시골에서의 외로움은 더 크다.

주변 관리

마지막으로 주변과 적정 관계를 유지할 수 있는 원칙과 기준을 설정하여야 한다. 마을공동체에 적극적으로 참여할 것인지 아니면 일정 거리를 유지하면서 여전히 타지사람으로 남을 것인가를 결정해야 한다는 뜻이다. 만약 마을공동체에 적극적인 구성원으로 참여하게 하면 숱한 경조사에도 참석해야 하고 마을행사에도 얼굴을 내밀어야 한다. 그러면 그들은 경계심을 허물고 서서히 구성원으로 인정할 것이다. 서투른 농사일에서도 많은 도움을 받을 수도 있을 것이다.

하지만 다시 인간관계에 얽매여야 하고 오랜 기간 동안 다소 비합리적인 생활양식에 익숙해져 있는 이들과의 교류는 녹녹치 않은 불편을 초래할 수도 있다. 그래서 이들 구성원과 일정 거리를 유지하는 편이 유리한 경우도 있다. 복잡한 인간관계가 싫어 도망치듯 귀농한 경우나 농사에 크게 의존할 필요가 없는 경우는 오히려 일정 거리를 유지하는 편이 유리하다. 비록 지역공동체의 구성원으로 인정받지는 못하겠지만, 농촌이 가지고 있는 쾌적한 자연환경을 즐기는 데는 문제가 없기 때문이다.

• 귀농 · 귀촌을 위한 정보

귀농 정보 획득하기

귀농 · 귀촌을 희망하는 사람들에게는 기초적인 수준일지라도 체계적인 영농기술교육과 정보가 필요하다. 이러한 정보는 어디에서 구할 수 있을 것인가?

먼저 전국적인 조직으로 농림축산식품부와 농림수산식품교육문화정보원이 운영하는 귀농귀촌종합센터가 있다. 귀농 · 귀촌을 위한 준비 절차, 교육, 관련 정보와 각 지자체의 귀농 · 귀촌정보가 망라되어 통합적으로 제공되고 있어 적절하게 활용하면 많은 도움을 받을 수 있겠다.

몇 가지 구체적인 사례를 소개하면서 귀농·귀촌희망자가 거주지나 영농기반 등을 마련할 때까지 거주하거나 귀농귀촌 희망자가 일정기간동안 영농기술을 배우고 농촌체험 후 귀농할 수 있게 머물 수 있도록 임시 거처를 제공하는 귀농인의 집 프로그램도 있고, 각 지자체별로 보유하고 있는 빈집 정보도 제공받을 수 있다. 또 귀농·귀촌 희망자에게 귀농 및 귀촌의 안정적인 진입과 정착을 도와주고, 정착할 때 애로사항이나 귀농의 문제점을 해결할 수 있도록 길라잡이 역할을 하는 도우미를 소개해 주는 귀농닥터제도도 안내받을 수 있다.

그런가 하면 각 지자체마다 귀농·귀촌프로그램이 개설되어 있기도 하다. 도농업기술원과 각 시·군농업기술센터에는 귀농·귀촌홍보관이 설치되어 있고, 이곳을 이용하여 귀농·귀촌을 위한 영농정착기술교육과 현장실습 지원 사업을 적극 활용하면 도움을 받을 수 있다.

더 나아가 좀 더 다양한 귀농귀촌 정책을 펼쳐 각광을 받는 지자체도 많으니 관심을 가지는 것이 좋다. 충남 예산군이 후원하는 예산대흥슬로시티협의회에서는 2박3일이라는 짧은 기간 동안 실제 마을에 머물면서 농산물 수확, 파종, 가꾸기는 물론 자연주의 삶의 체험까지 아우르는 귀농·귀촌 체류형 체험 프로그램을 운영하고 있기도 하다. 또한 전북 진안군은 귀농·귀촌 조례도 제정하고 민간전문가를 채용하여 종합적이고 체계적인 귀농·귀촌 지원프로그램을 펼치는 것으로 유명하며, '귀농귀촌1번지'라는 사이트 운영의 효시이기도 하다. 문의를 하면 전방위적인 도움을 받을 수 있다. 또 실상사 귀농학교 처럼 종교기관에서 운영하는 체험프로그램도 있다.

그 외에도 귀농사모(귀농인협회) 등 관심을 가지고 있는 사람들이 동호회형태로 운영하는 사이트도 있으며, 먼저 귀농 및 귀어촌한 개인이 개설한 각종 카페나 블로그도 있어 활용하면 크게 도움을 받을 수 있겠다.

최근 2015년 7월에는 「귀농어·귀촌 활성화 및 지원에 관한 법률」이 제정되어 시행되기에 이르렀다. 아직 재원 확보 방안은 아직 마련돼 있지 않지만 지자체는 귀농·귀촌 5개년 계획을 수립해야 하고, 귀농귀촌지원센터도 지정해야 하는 법적 근거가 마련된 것이다. 그만큼 귀농·귀촌 관련 지원이 모든 지자체로 확대되고 선택할 수 있는 지역의 폭이 넓어졌다고 할 수 있다.

> ## 귀농 · 귀촌 정보 사이트
>
> · 귀농귀촌종합센터
>   http://www.reteurnfarm.com/
> · 귀농귀촌1번지
>   http://www.refarm1.com/

• 또 다른 귀농, 귀어 · 귀촌

귀어 · 귀촌과 귀농 · 귀촌과의 차이

귀농 · 귀촌은 일반적으로 희망하는 사람들에게는 많이 알려져 있고 사전적인 교육을 받을 수 있는 기관과 취득할 수 있는 정보도 적지 않다. 반면에 귀어 · 귀촌은 상대적으로 제한된 지역이며 거친 바다와 살아온 지역이기 때문에 농촌지역에 비해 거칠고 적응하기 어려움이 많은 지역적 특징을 가지고 있다.

따라서 상대적으로 바다나 수산업, 양식업과 관련된 정보에 대한 사전적 지식을 많이 가지고 있거나 앞서 관련 경험을 가지고 있는 도시인이 선택하기에 유리하다. 훨씬 많은 순비가 있어야 어촌생활에 적응할 수 있다.

귀어 · 귀촌의 장점

대개의 어촌은 반농반어이다. 온전히 어업으로만 생활을 영위하는 어촌은 없다고 보면 맞다. 이를 달리 보면 또 다른 선택을 할 수 있는 기회가 더 있다고 볼 수 있다. 농한기에, 또는 농사일을 하다가도 틈나는 대로 바다로 나가면 소일거리가 있다. 겨울 낚시를 즐길 수도 있고 양식일을 도와주면서 용돈을 벌 수도 있다. 낚시꾼을 상대로 민박을 하면서 수입을 올릴 수도 있다.

어떤 은퇴자 한 분은 워낙 낚시를 좋아해서 은퇴에 앞서 부부가 함께 많은 도서지역을 찾아 낚시를 즐겼다. 그래서 좋은 지역을 선택할 수 있었고, 은퇴하자마자 부부가 귀어 · 귀촌하였다. 이미 여러 번 다녀온 곳이었기 때문에 정착에도 문제가 없었다. 그리고 배 면허증을 획득하고 낚싯배를 구입하여 낚시꾼을 안내하고 틈나면 직접 낚시를 즐기기도 한다. 취미생활과 생업을 일치시켜 뒤늦게 은퇴 삶을 즐기고 있는 것이다.

귀어 · 귀촌을 위한 정보

귀어 · 귀촌을 위한 각종 지원 사업과 정보 제공은 주로 해양수산부가 중심이 되어 이루어지고 있다. 귀어 · 귀촌을 희망하는 사람들에게는 귀어 · 귀촌종합센터가 있다. 귀어 · 귀촌을 위한 준비 절차, 양식창업기술지원, 사업 및 금융 상담, 그리고 우수 사례까지 소개되어 있다.

좀 더 구체적으로 살펴보면, 귀어 · 귀촌 창업 및 주택구입을 위한 지원도 이루어지고 있으며, 어업 종사자, 어업 분야 관련 전문가

가 귀어 · 귀촌 예정자나 준비자에게 실질적인 수산기술정보, 필요 정보, 전문 정보를 지원하는 귀어 · 귀촌 멘토링(Mentoring) 서비스 도움도 받을 수 있다. 적절하게 활용하면 많은 도움을 받을 수 있겠다.

그 외에도 귀농 · 귀촌만큼 다양하고 많지는 않지만, 귀어 · 귀촌을 희망하는 도시민들에게 각종 지원을 실시하는 지자체도 없지는 않다. 경남 수산기술사업소에서는 농어촌으로 이주해 어업에 종사하고자 하는 사람들에게 귀어 창업 및 주거 공간 마련 지원 사업을 펼치고 있다(한남일보,

2014년 2월 3일자).

그리고 매년 열리는 해양수산부 주최의 귀어·귀촌 박람회를 방문하여 관련 정보를 획득하고 지자체 간 지원 내용을 비교해 보는 것도 활용 가능한 방법이라고 본다. 참고로 2016년 귀어·귀촌 박람회는 2016년 4월 서울 코엑스에서 개최된바 있다.

귀어를 위한 자금 정보

현재 정부에서 지원하는 귀어 자금으로는 크게 어업창업자금과 주택구입자금이 있다. 전자는 양식장을 마련하거나 어선을 구입하는 비용, 어촌관광을 위한 펜션 구입 등에 지원하는 자금으로, 세대 당 3억 원까지 융자가 가능하다.

참고로 농업창업자금은 농지·임야 구입, 농기계 구입, 축사부지 구입 등에 지원하며, 세대 당 3억 원으로 융자지원한도는 같다. 여기에는 일정 요건이 필요하다. 세대주가 가족과 함께 농어촌으로 이주하여 실제 거주하면서 농어업에 종사해야 하며, 귀농교육을 100시간 이상 이수하여야 한다.

한편 후자는 어가주택 구입이나 신축 시에 융자 지원하는 자금으로 5천만 원까지 융자가 가능하다. 두 자금은 공히 5년 거치 10년 상환으로 이자율 2%대이다. 게다가 일정 조건을 추가로 갖추면 농지와 주택을 구입할 때 취득세 및 주택양도소득세를 감면 또는 면제해 주고 있으니 꼼꼼히 따져 보고 신중하게 결정해야 한다. 융자지원 자금을 활용하면 훌륭하게 정착하는 데 도움은 되겠지만 결국 빚이라는 인식이 갖고 미리 충분한 경험을 쌓은 이후 정착자금을 활용하는 것이 바람직하다.

귀어 · 귀촌 정보 사이트

· 귀어귀촌종합센터
http://www.sealife.go.kr/

5
은퇴이민은
귀족적인 삶을 보장하는가?

• 은퇴이민의 개념

은퇴이민

세계가 하나의 지구촌이 되어 버린 지금, 은퇴 후의 삶을
우리나라 안에서 찾으려 하는 것은 분명 편협한 생각임에
틀림없다. 황혼의 삶을 다른 국가나 공간에서 누려 볼 수
있는지 눈을 돌려 보는 것은 우리 처지에서도 얼마든지 가
능한 얘기가 되었다.

　우리나라의 경제 규모가 커지면서 크지 않은 은퇴 자금
으로도 온전히 집안일에서 벗어나 부부가 취미생활을 즐
길 수도 있고, 아름다운 자연환경을 만끽할 수 있게 되었
던 것이다. 그야말로 노년이기에 꿈꾸어 볼 수 있는 낙원

이 아니겠는가.

은퇴이민지 선택

은퇴이민지로서는 비교적 한국과 지리적으로 근접하고 생활비와 물가가 싸면서 아름다운 자연환경과 편익시설을 갖추고 있는 동남아시아와 태평양 지역이 급부상하고 있다. 하지만 이 세상에 완벽한 파라다이스란 존재하지 않는다. 따라서 될 수 있으면 관련된 많은 정보를 취득하고 자신의 여건까지 감안하여 충분한 시간을 둔 엄밀한 판단이 필요하다.

전문가들은 결단을 내리기 전에 먼저 한두 달 정도의 현지 답사여행을 거치도록 권유한다. 이를 통해 안전을 담보할 수 있는지, 자신의 건강으로 감당이 가능한지, 기후 상태는 어떠한지, 생활 편의시설은 어느 정도 갖추었는지, 실지로 소요되는 경비는 얼마인지를 정확하게 체크할 필요가 있다. 골프를 즐기는 것도 하루 이틀. 일상으로 할 수 있는 일은 무엇이 있는지도 꼼꼼히 찾아보아야 한다.

더불어 수시로 한국을 다녀올 수 있는 접근성이 좋은 곳을 권한다. 왜냐하면 은퇴이민이 실질적으로는 은퇴 후 해외에서 주로 그곳에서 머물면서 새로운 삶을 설계해 본다는 의미이지, 국내와의 관계를 단절하고 해외에서 여생을 살다가 그 지역에 뼈를 묻는다는 뜻은 아니기 때문이다. 즉, 은퇴이민은 청ㆍ장년 시절에 떠나는 취업ㆍ투자 이민과는 다르다.

또 비록 이들 국가들의 경제적 여건이 우리에 비해 부족하더라도 그들의 문화를 이해하고 수용할 수 있는 마음가짐이 갖추어졌을 때 선택하여야 할 것이다. 얼마간의 경제적 부를 가지고 있다고 이들을 무시하고 얕본다면, 그들의 자존심을 크게 건드리며 상처를 주게 될 것이고 종국에는 예기치 못한 큰 난관에 봉착하거나 화를 당할 수 있기 때문이다.

• 은퇴이민지 소개

은퇴이민지에 대해 가장 기본이 되는 자료는 이코노미스트 취재팀(2006)이 발간한 『2억으로 즐기는 인생2막』이다. 이 자료에 근거하되 그동안 새롭게 바뀐 내용은 수정하고 다양한 관련 사이트를 검색하여 주요 은퇴이민지를 요약ㆍ정리하고자 하였다.

특히 은퇴이민과 관련된 자세한 내용은 해당 국가의 대사관이나 은퇴청 등의 홈페이지를 이용하면 된다. 일부 해당 국가의 홈페이지가 개설되어 있지 않다면, 해당 국가의 한국대사관 홈페이지나 한인사회 사이트를 활용하는 것도 방법이겠다. 현실적인 여건을 고려하여 주로 동남아 지역으로 한정하여 은퇴이민지를 소개하면 다음과 같다.

태국

태국은 최근 정치적 불안정에도 불구하고 무엇보다 치안이 잘되어 있어 노후생활을 즐기기에 적당하다. 외국인에 대해 우호적인 사회적 분위기를 가지고 있으며 의료시설도 국제적 수준이어서 여타 나라 은퇴이민자들이 선호하고 있다.

기후가 온화하고 뛰어난 자연경관을 갖추고 있는 반면 방콕을 제외하고는 물가가 비싸지 않아 노후거주지로서 제격이다. 부부의 경우 월 200만 원으로 가사도우미, 운전수의 도움을 받는 기본적인 생활이 가능할 정도이다. 특히 체류 한국인이 2만 명을 넘어 한인사회의 도움을 받을 수 있나는 것도 큰 매력이다.

태국에서는 대체적으로 두 가지 비자를 통해 은퇴생활을 할 수 있다. 하나는 롱스테이 프로젝트를 통해 1년짜리 거주비자를 얻는 방법이고, 또 하나는 타일랜드 엘리트 카드회원이 되는 방법이다. 전자는 태국 관광청이 설립한 타이랜드 롱스테이 매니지먼트(TLM)사에서 발급하는 일년 체류의 거주 비자를 발급받으면 되는데, 50세 이상 외국인이 80만 바트(한화 약 2천 5백~3천만 원)를 태국은행에 예치하거나 월 미화 1,600달러 이상의 고정수입이 있음을 증명하면 된다.

한편 엘리트카드는 일종의 태국 VIP회원권으로, 입국 절차 간소화, 골프장 무료이용 등의 특혜를 2만 5천 달러의 가격으로 제공한다. 이 회원에 가입하면 5년짜리 비자를 발급받을 수 있다.

전문가들은 방콕이 교통체증에다 높은 물가, 더운 날씨라서 다소 부담스러운 곳이라면 인구 17만 명 규모의 치앙마이(Chianq Mai)와 방콕에서 2시간 정도 떨어진 휴양도시 후아힌(Hua Hin)을 적극 추천하고 있다(이코노미스트 취재팀, 2006). 치앙마이는 날씨가 선선하고 습도도 낮아 생활하기 용이하고 각종 편의시설도 잘 갖추어져 있어 매력적인 도시이다. 후아힌은 한적하지만 고급스러운 휴양지로서 인기가 높은 편이다.

말레이시아

말레이시아는 동남아 지역에서 한국인이 가장 선호할 수 있는 은퇴 이민  지 중 하나다. 기후는 고지대를 제외하면 고온다습하여 은퇴자 생활에 단점이 될 수도 있지만, 영어로 의사소통이 가능하기 때문에 언어 소통이 비교적 쉽고 치안도 양호하다는 점이 큰 장점이라고 할 수 있다.

특히 수도 쿠알라룸푸르(Kuala Lumpur)는 사회 인프라가 잘 갖추어져 있고 의료시설, 교육시설이 잘 갖추어져 있다고 평가받는다. 한국인이 몰려 사는 암팡(Ampang) 지역의 경우, 적은 비용으로 손쉽게 임차할 수 있으며 각종 편의를 지원받을 수 있다. 쿠알라룸푸르에서 자동차로 1시간 거리인 '몽키아라(Mont' Kiara)'도 고려해 볼 만하다. 최근에 조성된 부촌이라고 할 수 있다.

다만, 말레이시아는 이슬람국가이기 때문에 그 종교문

화에 익숙해져야 하며 퇴폐·향락문화가 없어 자칫 따분할 수 있다. 하지만 실제로는 한국인들이 이용할 수 있는 특별한 공간들은 존재한다는 것이 경험자의 증언임을 고려하면, 크게 걱정할 수준은 아닌 것 같다.

비자 발급의 경우 3개월은 무비자로 가능하다. 그러나 10년 동안 장기 거주할 수 있고 주택과 자동차 구입 시 각종 세제혜택이 있는 MM2H 비자를 발급받으려 한다면 50세 이상의 경우 은행잔고가 35만 링깃(약 1억 3천만 원)이상, 한국 내에서의 월 소득이 1만 링깃(3백 6십만 원) 이상 되어야 한다.

필리핀

필리핀은 치안이 불안하고 무더운 날씨에다 자연재해가 많은 곳임에도 불구하고 은퇴이민을 선호하는 지역으로 꼽는 이유는 바기오(Baquio), 수빅(Subic) 등 일부 고원지대에 위치하고 있는 휴양 관광도시가  있기 때문이다(이코노미스트 취재팀, 2006). 이들 지역에서는

외국인에 대해 배타적이지 않으며 의료시설도 국제적 수준이어서 은퇴이민자들이 선호하고 있다. 게다가 영어가 공용어여서 영어실력을 어느 정도가 갖추고 있다면 생활하기에 용이할 것이다.

바기오는 해발 1,300m 이상의 고원지대에 위치하고 있어 연중 섭씨 20도 가량을 유지하는 쾌적한 30만 명의 인구 규모의 계획휴양도시이다. 하지만 바기오는 고원도시이기 때문에 심장이 약한 고령자에게는 적당한 장소가 아닐 수 있다(이코노미스트 취재팀, 2006). 한편 수빅은 미 해군기지를 미군 철수 후 관광특구로 조성되고 있는 지역이다. 안정적인 치안상태와 병원시설을 보유하고 쾌적한 레저시설을 갖추고 있으나, 물가는 필리핀에서 가장 비싼 수준이다.

은퇴이민을 위해서는 필리핀 정부로부터 투자은퇴비자(IR2 Visa)를 발급받아야 하는데, 50세 이상인 경우 미화 5만 달러, 35세 이상 49세 이하는 미화 7만 5천 달러를 예치하여야 한다. 투자은퇴비자를 발급받으면 법적 이민이 아니더라도 영구적으로 수시로 출입국할 수 있고, 예치금을 6개월 후 다른 형태의 예금이나 투자를 할 수 있기 때문에 적극 활용을 고려할 필요가 있다.

베트남

베트남은 지금도 비록 공산국가이긴 하지만 자본주의적 사고방식에 익숙해 있고, 치안이 안전하여 은퇴이민을 선호하는 지역으로 꼽힌다. 게다가 최근에는 한류의 근원지로서 우리 국민에게 우호적인 이미지를 유지하고 있으며 동경의 대상이 되기도 한  다. 또 베트남은 인건비가 싸기 때문에 각종 가사노동 지원을 받기가 용이한 반면, 부동산 가격이 만만치 않고 외국인들은 소유할 수가 없어 각별한 고려가 필요하다.

호치민시 인근의 신도시 푸미홍 지역이 가장 각광받는 은퇴이민 대상지로 알려져 있다. 푸미홍은 베트남 상류층을 겨냥해 야심차게 건설한 지역이다. 대규모 아파트나 빌라 단지가 건설되어 있고 인근에 골프장과 같은 레저시설과 대형 종합병원과 대형 마트도 들어서 있다.

베트남은 15일간 무비자 여행이 가능하고 한 달 정도의 비자발급은 가능하지만, 은퇴이민을 위한 영주권이나 시민권제도가 없다. 따라서 현지에 거주하면서 계속 연장하며 살아가야 하는 어려움이 존재한다.

네팔

네팔은 산과 자연을 벗 삼아 은퇴 생활을 즐기려는 사람에게는 최적인 지역이다. 기온도  우리나라 봄보다 더 따뜻한 정도이다. 또 네팔은 생활비와 인건비가 무척 싸다. 그만큼 각종 가사노동 지원을 받기가 용이하다. 하지만 그만큼 도시기반시설이 충분하지 못하다는 반증이기도 하다.

비자는 비용 부담에 따라 최장 90일까지 발급받을 수 있으며, 동일 연도 내에서 150일까지 연장이 가능하다. 은퇴비자로서 1년짜리 거주비자를 발급받으면 된다는 정보는 잘못된 정보라는 게 대사관 관계자의 전언이다.

카트만두(Kathmandu)는 가장 도시화된 지역이긴 하나 분지이고 공기 오염이 심각한 지역이어서 은퇴거주지로서는 적당하지 않다. 대신 카트만두에서 200㎞ 떨어진 포카라(Pokhara)는 해발 800m에 위치한 대표적인 휴양도시이긴 하다. 하지만 자연을 즐기려는 마음가짐이 갖추어져 있지 않다면 추천하기 어려운 곳이다. 더구나 최근 지진으로 인해 큰 피해를 입은바 있어 자연재해의 우려도 적지 않다.

피지

서울에서 비행시간 10시간
소요되는 먼 곳이기 하지
만, 피지는 깨끗한 자연환
경과 각종 리조트가 있어
은퇴 생활을 즐기기 좋은
곳이다. 피지는 영연방국으로 비교적 교육환경이 양호하
지만 범죄와 같은 치안 측면에서 다소 심각한 고려가 필
요하다.

비자는 4개월까지의 방문비자, 45세 이상의 외국인이
은행에 10만 피지달러(약 6천만 원)를 예치하고 그중 매년 3
만 피지달러가 유지되어야 하며, 또한 귀국 시 돌려받을
수 있는 보증금(Bond)으로 1인당 2,036피지달러(약 120만
원)를 납부할 경우에 1~3년간의 거주허가, 그 외에 노동
허가 등이 있다.

일반적으로 생활비는 저렴하지만 공산품과 전기통신요
금은 상당히 비싼 편이다. 투박하지만 여유 있는 은퇴 생
활이 용이한 곳이라고 할 수 있다.

인도네시아

인도네시아 또한 여러
문화가 어우러진 곳이
다. 수도인 자카르타 부
근에는 외국인이 주로 모여 사는 쾌적한 주거 단지들이 많
다. 언어·기후·물 모두 낯설게 느껴지지만, 조금 지나
면 비록 낮에 후덥지근하지만 아침저녁으로는 시원하기
때문에 생활하기 큰 불편은 없다.

비자는 60일까지 가능한 관광 비자, 1년 동안 수시로 입
국할 수 있으나 매 방문 때마다 60일을 초과할 수 없는 복
수상용비자, 외국인 투자가에게 허용되는 단기체류허가
가 있다. 단기체류허가의 경우, 인도네시아 도착 일로부
터 1년 동안 체재할 수 있으며 5회 연속적으로 연장이 가
능하고 매 연장 기간은 1년간이다.

인도네시아에선 법인 자격이 아닐 경우 외국인은 주택
을 구입할 수 없지만 집세는 저렴한 편이다. 수도 자카르
타에서는 적은 비용으로 우리나라에서의 도시 생활에 준
하는 생활을 즐길 수 있고, 발리지역, 반둥지역은 날씨도
시원한 곳이 많을 뿐만 아니라 국제적인 문화들이 어우러
져 심심하지 않게 살 수 있다.

• 은퇴이민지 평가와 정보

은퇴이민지 평가

은퇴이민지에 대한 평가는 사실 개인적 여건이나 마인드
에 크게 좌우된다고 할 수 있다. 좀 더 객관적인 지표로
도움을 받을 수 있는 정보는 최근 해외 생활 정보를 제공
하는 미국 매체 인터내셔날리빙(Internationalliving)이다. 이
매체에서는 '2015년 은퇴 후 살기 좋은 국가'를 발표했는
데, 그 1위는 남미국가인 에콰도르였다. 참고로 2014년에
는 1위가 파나마였다.

| 은퇴 이민지 평가 순위 |

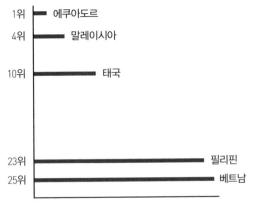

자료 : 인터네셔날리빙(2015)

이 매체가 선정한 25개 국가 가운데 아시아 국가로는 말레이시아가 4위로서 가장 높은 순위였는데, 저렴한 집값과 국민 친절도면에서 높은 평가를 받았다. 특히 말레이시아는 많은 인종이 섞여 있는 나라로, 외국인들이 거리를 다녀도 전혀 이상한 시선이나 대우를 받지 않는다는 점이 강점으로 꼽혔다.

그 외에도 태국이 10위, 필리핀이 23위, 베트남이 25위였고, 네팔·피지·인도네시아는 물론 한국·일본·중국은 순위에 들지 못했다.

은퇴이민 비자발급 정보 사이트

· 주한태국대사관

  http://www.thaiembassy.org/seoul/

· 주한말레시아대사관

  http://www.malaysia.or.kr/

· 필리핀은퇴청 한국사무소

  http://www.pra-visa.co.kr

· 부베트남한국대사관

  http://vnm-hanoi.mofa.go.kr/korean/

· 주한네팔대사관

  http://www.nepembseoul.gov.np/

· 주피지한국대사관

  http://fji.mofa.go.kr/korean

· 주한인도네시아대사관

  http://kbriseoul.kr/kbriseoul

모 방송국에 '은퇴전야'라는 프로그램이 있다. 은퇴를 몇 개월 앞둔 중년들의 삶과 애환을 다큐멘터리로 그려 내는 프로그램이다. 하나 같이 허망하고 서운한 은퇴로 마무리되고 있다. 은퇴 이후의 적극적인 삶은 없었다. 과연 잉여의 삶을 살 것인가, 아니면 적극적인 노후생활을 즐길 것인가.

최근 국민연금연구원(2015) 보고서에 의하면, 만 50세 이상의 응답자 2사람 중 1사람은 자녀 등 다른 사람의 도움을 받지 않고 생활할 수 있는 독립적인 경제력을 갖추지 못하고 있다고 응답하고 있다. 우리나라 중·노년층은 부부 기준으로 적정 생활비를 약 월 225만 원으로 보고 있다. 하지만 기대되는 소득은 이의 반에도 미치지 못하는 실정이다.

언제나 돈은 모자라고 부족하다. 결국 부족한 재무현실

을 감안한 노후 행복선략이 필요하다고 힐 수 있다. 노년의 행복은 돈이 아닌 전혀 다른 곳에서 찾을 수 있어야 한다. 노년의 인생은 다른 어떤 시기보다 자아실현 가능성이 높은 시기이다(데이비드 보차드 외, 2012). 청·장년기에는 가족을 부양하기 위해 직장에 올인 하다 보니 자아실현을 돌아볼 여유가 없었다. 노년기에 접어들면 자신의 삶을 돌아보고 자아실현과 정체성을 추구해 볼 수 있는 가능성이 높다고 할 수 있다. 그럼에도 불구하고 인생 후반전을 기존 삶의 틀에다 그대로 방치할 것인가?

그런데 우리가 성장해 온 편안한 방식을 포기하고 습관과 인습을 뛰어넘는 생각과 행동을 하기란 참 어렵다. 하지만 사는 방식이 다르듯이 꿈꾸는 노후 삶도 달라야 한다. 지금 달라지지 않으면 노년의 삶이 옹색했던 부모 세대와 다를 바 없게 될 것이다. 노년에는 세상의 기대와 기준에 얽매여 살 필요가 없다.

가장 먼저 '비우고 버리고 사는 삶'을 강조하고 싶다. 채울 것이 없으면 비워야 한다. 부동산자산 규모도 줄여야 한다. 집 외에도 간소화할 것은 많다. 자녀에 대한 기대도 버리자. 자녀의 미래가 당신의 노후설계일 수 없다. 이는 자녀들에게 물어보면 알 수 있다.

다음은 잘 놀아 보자는 것이다. 대개 노는 것에 대해 다음 일을 위한 충전의 시간으로만 알고 있었다. 이제는 그러지 않아도 된다. 불안하게 놀지 말고, 즐기고 흠뻑 빠질 수 있는 취미나 놀 거리를 찾는다면 최고의 인생 후반전을 맞게 될 것이다.

금전적인 넉넉함보다 따뜻하고 여유 있는 노인이 되자. 욕심을 버리고 마음 다스리는 공부를 하다 보면 한층 여유가 생길 것이다. 그림을 감상하면서 작가의 치열했던 삶에 빠져든다면 우리 일상이 사소하게 보일 수밖에 없지 않은가. 나이가 깡패라고, 노인들은 겸손할 줄 모른다고 한다. 변화하지는 않고 요구만 한다. 요구하지 말고 변화하자.

이에 따른 구체적인 실천 전략 몇 가지를 제시하고자 한다. 첫째, 아무리 늦어도 은퇴 앞두고 3년 전부터 은퇴 계획을 마련하고 구체적인 실천에 들어가야 한다. 막상 은퇴하고 난 다음 새로운 일자리를 구하려 한다면 이미 늦어도 한참 늦었다.

둘째, 부동산은 거주개념으로 받아들여야 한다. 보유 부동산을 최소화하되 자가 보유를 통한 최소한의 주거 안정과 생활여건을 갖추어야 할 필요가 있다. 그래야 노후의 삶이 허망하지 않다.

셋째, 자녀에게 해 주지도 말고 바라지도 말자. 남겨진 자산은 어차피 모두 자녀에게 넘어간다. 당장에 흔들리지 말고 그나마 남은 재산은 노후 생활에 전적으로 투자해야 한다. 돈이 없고 부담만 되는 부모는 찾지 않는다. 지금 일본의 현실이기도 하다.

넷째, 최소한의 근로소득은 확보할 수 있는 건강을 지키자. 지금의 건강이 앞으로 10년을 보장하지 못한다. 언제 노안이 올 줄 알았던가. 곧 당뇨가 온다 싶더니 백내장이 찾아오고 관절염으로 지긋지긋한 고생길에 들어선다.

요즘 '아프니까 청춘이다'라는 화두에는 젊은이들의 아픔이 담겨 있다. 하지만 지금의 중년들은 산업화의 그 어려운 시기에도 '청춘예찬'에 가슴이 뛰었다. 그러던 것이 이제는 '외로우니까 중년이다'에 실감한다. 그 암담한 시기에도 '청춘예찬'에 가슴이 뛰었듯이 이제 다시 한 번 '나이 듦의 예찬'에 뜨거운 가슴을 느꼈으면 싶다. 노후의 삶을 즐기고 만족하는 일상이 함께하길 기대한다.

閑唫(한음)

韓龍雲(한용운)

中歲知空劫(중세지공겁) : 중년에서야 세계의 허무함을 알고

依山別置家(의산별치가) : 산을 의지해 따로 집을 지었다

經臘題殘雪(경랍제잔설) : 섣달을 지나서는 남은 눈의 시를 쓰고

迎春論百花(영춘논백화) : 봄을 맞이해서는 온갖 꽃을 논한다

借來十石少(차래십석소) : 빌려 오려면 열 섬도 적고

除去一雲多(제거일운다) : 없애 버리려면 구름 조각도 많다

將心半化鶴(장심반화학) : 마음 거의 반이나 학이 됐나니

此外又婆娑(차외우파사) : 이 밖에 또 좌선하는 일이다

■ 참고문헌

· 고숙자(2014), "우리나라의 건강수명 산출," 한국보건사회연구원, 보건 · 복지Issue&Focus, 248호.
· 김강현(2015), "귀농 · 귀촌 정책동향과 시사점," NH농협조사월보 11월호
· 김대근(2015), "은퇴한 다음 날 당신이 궁금해 할 30가지 질문," 은퇴와 투자 42호, 미래에셋은퇴연구소
· 김대익(2015), "은퇴 앞둔 계층에 대한 노후준비 지원 필요," 하나금융연구소, 하나금융포커스 제5권41호
· 김병숙(2013), 은퇴 후 8만 시간, 조선Books
· 김희선(2012), "요즘 뜨는 도시형생활주택, 주의할 점은 없나" 삼성생명 은퇴연구소, 은퇴저널 14권
· 김희선(2012), "1억 원짜리 부동산 투자, 평생소득 될까?" 삼성생명 은퇴연구소, 은퇴저널 19권
· 노승철(2015), "은퇴 후 귀촌 희망가구의 사회경제적 특성 및 지역 간 차이분석," 지역연구 제31권 제2호, pp.29-45
· 데이비드 보차드 · 패트리새 도노호, 배충효 · 이윤혜 역(2012), 은퇴의 기술, 황소걸음
· 류건식 · 이상우(2015), 퇴직연금 도입 10년에 대한 종합평가와 정책과제, 보험연구원
· 마루야마 겐지, 고재운 옮김(2014), 시골은 그런 것이 아니다, 바다출판사

- 마상진 외(2015), 귀농·귀촌인의 정착실태 장기추적조사: 1차년도(2014), 한국농촌경제연구원·농촌진흥청
- 서사현(2013), 명품노인, 토트
- 송미령 외(2015), 귀농·귀촌 증가 추세와 정책과제, 한국농촌경제연구원 농정포커스
- 윤영선·윤석윤·최병일(2015), 은퇴자의 공부법, 어른의시간
- 유상오(2009), 3천만 원으로 은퇴 후 40년 사는 법, 나무와 숲
- 이상영(2009), 내일의 부동산 파워, 로크미디어
- 이영권(2006), 부자가족으로 가는 미래 설계, 국일경제연구소
- 이정전 외(2009), 위기의 부동산, 후마니타스
- 이창석외(2013), 귀농·귀촌 행복이야기, 도서출판 리북스
- 임미화(2014), "부동산자산을 중심으로 본 중고령 가구의 자산변화요인분석," 한국지역개발학회지 제26권 제5호, pp.225-242
- 전기보(2013), 은퇴 후, 40년 어떻게 살 것인가, 미래지식
- 전영수(2012), 은퇴대국 일본의 빈곤보고서, 맛있는책
- 주상철(2014), 고령화 시대의 가계 자산관리, 국민연금연구원
- 차학봉(2007), 일본에서 배우는 고령화 시대의 국토−주택정책, 삼성경제연구소
- 최형준(2011), "베이비붐 세대의 은퇴에 따른 영향," 한국투자증권 퇴직연금연구소 이슈&트렌드
- 한혜경(2012), 나는 매일 은퇴를 꿈꾼다, 샘터

- 한혜경(2014), 남자가, 은퇴할 때 후회하는 스물다섯 가지, 아템포
- 현명훈(2010), "부동산 장기침체 가능성에 대비한 자산관리 방안," 한국투자증권 퇴직연금연구소 이슈&트렌드
- 국민연금연구원(2015), 중·고령자의 경제생활 및 노후준비 실태
- 금융투자협회(2013), 주요국 가계 금융자산 비교
- 농촌진흥청(2015), 귀농·귀촌인 정착 실태조사
- 보건복지부(2013), 2012년 치매 유병률 조사
- 보건복지부(2015), 2014년 노인실태조사
- 서울연구원(2015), "생애 주된 일자리에서 퇴직한 서울 베이비붐 세대의 현황은?" 인포그래픽스 155호.
- 우리투자증권 100세시대연구소(2013), 괜찮다 중년, 중앙위즈
- 이코노미스트 취재팀(2006), 2억으로 즐기는 인생2막, 중앙일보 시사미디어
- 중소기업연구원(2014), 자영업정책의 과거·현재 그리고 미래, 중소기업포커스 14-12
- 통계청(2012), 2012 가계금융·복지 조사
- 통계청(2015a), 2015 사회조사
- 통계청(2015b), 2015년 한국의 사회지표
- 통계청(2015c), 통계로 본 광복 70년 한국사회의 변화
- KB금융지주 경영연구소(2015), 2015 비은퇴가구의 노후준비 실태

- KB금융지주 경영연구소(2012), 2차베이비붐 세대 은퇴 대응 현황과 시사점
- KB금융지주 경영연구소(2012), 고령화시대, 주요국사례를 통해 본 주택시장 변화 점검
- KB금융지주 경영연구소(2011), 베이비붐 세대 은퇴에 따른 주택시장 변화
- KB금융지주 경영연구소(2011), 주요국 퇴직연금제도 비교 분석
- KDB대우증권 미래설계연구소(2014), 2014 시니어 노후준비 실태조사 보고서
- Fidelity(2015), 피델러티 은퇴백서, Vol. 8
- Fortune Korea 2014년 8월호
- 한국보건산업진흥원(2012), 2012 고령친화산업 욕구조사
- Salsbury, Gregory(2010), Retirementology-Rethinking the Amercan Dream in a New Economy, New Jersy: FT press
- 松村直道(1998), 高齢者福祉の創造の地域福祉開發, 勁草書房
- http://www.thaiembassy.org/seoul/ 주한태국대사관
- http://www.malaysia.or.kr/ 주한말레시아대사관
- http://www.pra-visa.co.kr 필리핀은퇴청 한국사무소
- http://vnm-hanoi.mofa.go.kr/korean/ 부베트남한국대사관
- http://www.nepembseoul.gov.np/ 주한네팔대사관
- http://fji.mofa.go.kr/korean 주피지한국대사관

- http://kbriseoul.kr/kbriseoul 주한인도네시아대사관
- http://internationalliving.com 인터내셔날리빙잡지
- http://joongang.joins.com/retirement/ 중앙일보 디지털반퇴시대
- http://www.dosimsenior.or.kr 서울도심50+센터
- http://www.kfb.or.kr 전국은행연합회
- http://www.fsb.or.kr 저축은행중앙회